Nonsense oder 99 endliche Geschichten

Geschichten

1. Dekade

Von

Qayid Aljaysh Juyub

Aus einem fernen Land

Vorbemerkung des Verfassers

Das nachfolgende Machwerk dient keinem höheren Zweck, sondern ausschließlich der Unterhaltung und ist für meinen Sternenfunkel geschrieben worden, dessen Liebe mir Halt und Zuversicht in einem fremden Milieu gab.

Hinsichtlich einiger meiner Hauptdarsteller sei noch angemerkt, dass es sich durchaus lohnt, nach den Namen zu googeln.

Und nun: Viel Spaß!

MIX
Papier aus verantwortungsvollen Quellen
Paper from responsible sources
FSC® C105338

FSC
www.fsc.org

Bibliografische Information der Deutschen Nationalbibliothek: Die Deutsche Nationalbibliothek verzeichnet diese Publikation in der Deutschen Nationalbibliografie; detaillierte bibliografische Daten sind im Internet über dnb.d-nb.de abrufbar.

TWENTYSIX – Der Self-Publishing-Verlag
Eine Kooperation zwischen der Verlagsgruppe Random House und BoD – Books on Demand

© 2019 Juyub, Qayid Aljaysh

Herstellung und Verlag:
BoD – Books on Demand, Norderstedt.

ISBN: 9783740709433

Story I: Schultzens Trip

Schultze war voller unendlicher Frustration. Schon wieder so ein öder Familienurlaub mit seiner spießigen Alten und die tyrannischen Blagen: Gran Canaria ‚all inclusive' im Touristenghetto nebst ebenso primitiver wie aufdringlicher Animation. Sehnsüchtig dachte der Finanzbeamte an Kollege Heiko. Der pflegte sich regelmäßig mit Gleichgesinnten ebenfalls Richtung Kanaren abzusetzen, allerdings ohne familiären Anhang und mit dem konkreten Ziel, eine möglichst besinnungslose Sauftour durchzuführen. ‚Mann, war das ein Kerl', ging es durch den strapazierten Kopf des emsigen Staatsdieners. Heikos Bemerkung, dass er nun manchmal seiner besseren Hälfte grundlos eine verpassen würde und bei Nachfrage dann die zweite Ohrfeige fällig wäre, faszinierte Schultze überaus.

Wir sollten natürlich dazu bemerken, dass Heikos Ehefrau einige Zeit später während einer Lustreise ihres so sensiblen Mannes merkwürdigerweise das Weite suchte und die besondere Fürsorge ihres Göttergatten damit belohnte, indem sie das gemeinsame Konto plünderte und seinen geliebten Porsche verscherbelte; Heiko konnte sich dann das alles nicht erklären und fühlte sich so richtig als Opfer.

‚Papa, ist ne Knackwurst'.

Scylla, die jüngere seiner beiden Töchter grinste ihn spitzbübisch an.

‚Detlef nun stell Dich nicht so an, Du bist wirklich so ein Schwächling. Ich könnte Dich glatt fressen.'

Eine erstaunlich Wendung, so findet der geneigte Leser, aber der mutige Heros unserer Geschichte befand sich in der sündhaft teuren Tiefgarage des Hauptstadtflugplatzes, der nach 20-jähriger Bauzeit mit ein wenig zeitlicher Verzögerung in Betrieb gegangen war, beschäftigt damit, das überaus reichhaltige Familiengepäck in das dafür vorgesehene Vehikel zu bugsieren. Bei all seinen künstlerisch wertvollen Gedanken, entglitt unserem geschickten Apparatschik leider ein etwas unhandlicher Koffer und verursachte sozusagen eine harte Landung.

‚Bitte Charybdis. Ich bemühe mich ja.'

‚Immer diese dummen Ausreden, mach hinne!'

 Angela die Größere verzog hinsichtlich des Geschehens nur verächtlich bis angewidert das Gesicht und enthielt sich jeglicher Äußerung. So aus seinen tiefgründigen Gedanken gerissen, sammelte der emsige Ehemann das gefallene Gepäckstück unter liebevollen Seufzern seiner besseren Hälfte und dem Gekicher seiner respektvollen Tochter auf. Leicht genervt schaltete sich die bis dahin schweigsame Angela in die niveauvolle Konversation ein.

‚Könnte es jetzt vielleicht endlich weiter gehen Mama?! Der Flieger startet schon in drei Stunden und ich möchte noch shoppen! Außerdem bin ich hungrig'

‚Detlef, Du hörst Deine Tochter, nun beeil Dich gefälligst! Keine Sorge Schatz, das reicht noch trotz unseres lahmen Dackelschens!'

Schultze war den Tränen nahe, wie sehr er diesen Spitznamen hasste, warum quälte sie ihn nur so, er tat doch alles, um sie zufriedenzustellen. Wie oft hatte er schon an eine Trennung gedacht und auch gelegentlich zu seinem Lieblingssong dem Klassiker ‚Ich war noch niemals in New York' heimlich geweint. Aber leider fehlte es unserem Helden doch ein wenig an Mut, um sich scheiden zu lassen oder auszusteigen. Gelegentlich neckte ihn seine liebevolle Gefährtin mit den Worten ‚Das wird teuer!', nachdem sie ihm eine erstklassige Scheidung angedroht hatte. Aber allmählich war das Maß voll! Heiko würde jetzt gehörig auf den Tisch hauen und ihn zumindest in Gedanken zertrümmern. ‚Genug ist genug', so ging es in Schultzens Gedankenwelt weiter. All seinen Mut fasste er jetzt zusammen:

‚Sorry Schatz, ich werde mich beeilen. Kannst Du mir vielleicht ein bisschen helfen und aufpassen, das nichts herunterfällt, wenn ich den Gepäckwagen schiebe; entschuldige nochmals.'

‚Der spinnt wohl, jetzt lass die Hosen wackeln!'

So endete der mutige Versuch einer rudimentären Spur von Widerstand in voraussehbar kläglicher Form und unser tapferer Held fügte sich in sein Schicksal. Prädestination? Zielstrebig und orchestriert vom Gekicher Scyllas der Jüngeren bewegte Schultze das Gepäck in Richtung Lift. Seltsamerweise befand sich niemand auf dem Parkdeck, sodass die Vorstellung ohne geneigtes Publikum ablief. Mit leichter Panik dachte unser verwegener Staatsdiener an die Reaktionen seiner Liebsten, falls der Aufzug nicht innerhalb von spätestens 30 Sekunden zur Verfügung stand oder gar besetzt sein sollte. Aber, um es kurz zu machen: Die Götter waren unserem Protagonisten hold. Der Lift befand sich in Wartestellung und nach einigen weisen Ratschlägen seiner

Frau, begleitet von den ermunternden Vibrations seiner Töchter, gelang es dem wagemutigen Hausvater, das Gepäck im Lift zu deponieren, dessen geräumiges Innere damit fast zur Hälfte ausgefüllt war.

‚Ihr Lieben, wir können dann. Kommt Ihr bitte?'

‚Was denn? Dackelsche, Du glaubst doch wohl nicht, dass ich in diesem engen Ding nach oben fahre!'

Angela sah den geliebten Vater mit mitleidiger Verachtung an und schüttelte energisch das blondgelockte Haupt.

‚Danke mein Schatz! Detlef jetzt reiß Dich jetzt zusammen. Du fährst jetzt zum Check-In und gibst die Koffer auf. Anschließend treffen wir uns am Gate und vergiss nicht, den Fahrstuhl gleich herunterzuschicken. Was meint, ihr Mädels, euer Vater ist doch entbehrlich.'

In gewohnter Weise kicherte Scylla die Jüngere beifällig, während Angela leicht verächtlich ihre Mundwinkel verzog.

‚Ja Schatz, ich fahr dann einmal. Wir sehen uns dann.'

Die drei Grazien unterhielten sich derweil mit fürsorglicher Nichtachtung hinsichtlich der Weisheiten des gestrengen Patriarchen über den bevorstehenden Einkaufsbummel.

Mit einem gewissen Fatalismus setzte Schultze das geräumige Vehikel in die gewünschte Richtung in Gang. Voller Vorfreude wenigstens einige Zeit den liebevollen Zuwendungen seiner Familie entronnen zu sein, fuhr unser Held seinem Schicksal entgegen. Als sich die Lifttüren mit einem knirschenden Geräusch öffneten -das war am Hauptstadtflughafen keine Selbstverständlichkeit- blickte er schon fast euphorisch in das betriebsame Terminal.

‚Dann wollen wir mal.'

Beherzt zog das treusorgende Familienoberhaupt an dem überladenen Gepäckwagen. Aber, oh Wunder, das verdammte Dingen bewegte sich nicht einen Millimeter. Unser Pater Familias war nun doch höchlich überrascht. Trotz seiner mit hartnäckiger Unsportlichkeit gepflegten geringen physischen Kräfte sollte sich das Gerät doch zumindest etwas bewegen. Vielleicht hatte er doch wirklich zu viele weibliche Hormone, wie schon sein alleinerziehender Vater in zärtlichen Momenten behauptete.

‚Welche Idioten lassen denn hier ihr Gepäck einfach so herumliegen?!'

Ein korpulenter Herr, der Schultze leicht an seinen favorisierten Z-Promi im Dschungelcamp erinnerte, drängte sich raumergreifend in den Fahrstuhl.

‚Egal, die haben eben Pech gehabt!' Unsanft und mit typischen - wieder der an den Helden des Urwalds erinnernd - Grunzlauten schob sich der wutzige Wutzenbauer… Okay Freund*innen oder wie auch immer, da gibt es doch tatsächlich eine echt bescheuerte Kuppelshow im Televisor auf die ich gerade in einfacher Manier anspiele; aber das sollte ich wirklich lassen. Sagen wir einmal: Der gut gebaute Herr schob unseren völlig perplexen Staatsdiener unsanft zur Seite und drückte auf den zum unteren Parkdeck gehörenden Knopf.

‚Bitte entschuldigen Sie, aber so geht das nicht!'

Durch die ungewöhnliche Situation überrascht, vergaß unser tapferer Held völlig seine übliche Vorsicht, während sich die Türen des Aufzugs mit einem unguten Quietschen schlossen. Offensichtlich nahm allerdings sein freundlicher Gefährte die energischen Worte wenig zur Kenntnis.

‚Scheiß-Airport, da funktioniert ja gar nix. Ist ja noch zur Hälfte ne Baustelle. Da malochen ja sowieso nur Ausländer. …etc…Verdammte Beamtenbrut'

Hier mag der geneigte Leser nach Gusto noch einige schwachsinnige bis populistische Sprüche einfügen. Allerdings motivierte eigentlich nur der letzte Teil dieser Philippika den couragierten Staatsdiener dazu, den Monolog seines überaus toleranten Reisegefährten zu unterbrechen.

‚Da muss ich Ihnen energisch widersprechen'. Mit ungewöhnlicher Tapferkeit berührte Schultze scheu die Schultern des Redenden. Die gewagte Kontaktaufnahme wurde allerdings von zwei Geschehnissen jäh unterbrochen: Mit einem Geräusch, das gewöhnlich dabei entsteht, wenn gewisse Winde den menschlichen Enddarm verlassen, löste sich der raumergreifende Begleiter förmlich in Luft auf - nicht ohne einen unerträglich fauligen Geruch nebst einer Art brauner Dunstwolke zu hinterlassen - und die Türen des Fahrstuhle öffneten sich mit einem lauten ‚Plop'. Ohne den ungewöhnlichen Anblick, der sich nun bot, überhaupt zu realisieren, stürzte der würgende Schultze panisch aus dem Wunderwerk moderner Beförderungstechnik und fiel auf einen gigantischen Misthaufen. Ihr seht meine Lieben, was das Stinken angeht, entgeht man manchmal nicht seinem Schicksal. Völlig irritiert erhob sich der umsichtige Staatsdiener und bemühte sich, auf dem Hosenboden rutschend, festen Boden zu gewinnen. Das gelang unserem Mann vom Finanzamt dann doch irgendwann, denn wo ein behördlicher Wille ist, findet sich auch ein Weg. Panisch nahm Schultze mit einer finalen kognitiven Anstrengung dann endlich seine Umwelt wahr. Offensichtlich befand er sich nun in einer eher rustikalen Umgebung, die hauptsächlich aus einigen windschiefen Katen und dazugehörigen Abfallgruben - natürlich unseren Misthaufen nicht zu vergessen - bestand. Da ich ziemlich faul bin, überlasse ich es dem Leser, der es bis hierher durchgehalten hat, sich die restlichen agrikolen Accessoires mental hinzuzufügen. Ich möchte noch hinzufügen, dass es ein sonniger Tag war und eine frische Brise durch die würzigen Misthaufen zog. Völlig konsterniert blickte der Neuankömmling eine kleine Weile mit einem leicht debilen Gesichtsausdruck, den der eifrige Beamte sonst nur in der Kommunikation mit Vorgesetzten aufzusetzen pflegte, in der Gegend herum. War er aus irgendwelchen mystischen Gründen gar in Niederbayern gelandet? Mmmh, vielleicht ein Wurmloch? Der Begriff war ihm aus diversen SF-Serien bekannt, ohne dass er die physikalischen Details so richtig erfassen vermochte. Allmählich merkte unser überaus schnell denkender Reisender, dass keine Personen zu sehen waren und der Fahrstuhl sich offensichtlich ins Nirvana verabschiedet hatte. Bevor sich Schultze aber so recht besinnen konnte, materialisierte sich das recht ungewöhnlich weitreichende Personenbeförderungsgerät in circa 50 Metern Entfernung und öffnete sich mit einem unheimlichen Knarren. Endlich bot sich unserem Helden ein vertrauter Anblick, denn -

surprise, surprise - die geliebte Familie befand sich im Inneren des Gefährts und starrte ihn völlig entgeistert an.

‚Wie kommt denn der hier her?'

Charybdis flankiert von Töchtern verließ das wirklich ungewöhnliche Beförderungsmittel, das dann auch aus dieser Welt wieder verschwand.

‚Mama, hast Du mit dem Sprung wieder Mist gebaut? Aber vielleicht sollten aus der Situation das Beste machen, der ist doch etwas Besseres als diese blutarmen Bauern!'

Nachdenklich betrachte Angela ihren geliebten Vater. Der wiederum befand sich in einem Zustand fortschreitender Verwirrung, vermochte sich aber noch zu artikulieren.

‚Schatz, wir treffen uns doch am Gate?'

‚Schweige stille elender Narr!'

Unserem geistreichen Helden verschlug es in gut abgerichteter Manier nun wirklich die Sprache. Scylla grinste ihren Papa mit einem liebevollen Lächeln an.

‚Mama, sieht der lecker aus. Der schmeckt bestimmt besser als mein Kinder-Happa-Dreck.'

‚Unser Dackelsche ist bestimmt verwirrt, meine kleinen Knuddelmäuschen. Zeigen wir ihm doch unsere wahre Gestalt.'

Schultze durfte nun beobachten, wie sich die traute Familie in ungewöhnlicher Form transformierte. Am wenigsten veränderte sich Angela, der wuchsen nur engelsgleiche Flügel aus dem Rücken und gewaltige Reißzähne aus dem Maul. Scylla verwandelte sich in eine Art spinnenartiges Wesen, während die treusorgende Mutter sich in eine Kreuzung zwischen Raptor und Drachen verwandelte. Für unseren tapferen Beamten war dies doch dann wirklich zu viel des Guten. Wimmernd viel Schultze auf die Knie, unfähig sich in irgendeiner Weise zu artikulieren oder gar zu agieren.

‚Nun ihr lieben Kleinen, geht schon `mal vor. Ihr dürft euch nun an diesen britischen Bauerntölpeln gütlich tun. Ich verspeise nur kurz euren Vater und komme dann nach.'

‚Immer krallst Du dir die schönsten Leckerbissen. Beim letzten Mal hast Du auch den fetten Priester gefressen, ohne uns nur ein Beinchen abzugeben. Der gehört jetzt mir!'

Trotzig blickte die ältere Schwester ihre Mutter an.

‚Ich habe ihn zuerst gesehen. Bloß weil ich die Kleinste bin, darf ich Papa nicht alleine essen.'

Der Ausdruck in Scyllas vielen Augen war eher von unbestimmter Natur, aber der Ton für ein Spinnenwesen schon ziemlich quengelig.

‚Selbstische Kinder! Das ist nun der Dank für all die Mühe einer liebenden Mutter. Da will man einmal einen guten Happen für sich alleine, aber die werten Töchter missgönnen einem das. Pubertät ist nun wirklich keine Entschuldigung dafür! Ihr wollt eure Mutter jetzt doch nicht zornig machen?'

Wenn Sie ein Drachen oder Dinosaurier -ich unterlasse in diesem Fall besser das Duzen - sein sollten, so wäre es Ihnen vermutlich möglich gewesen, die Mimik der hungrigen Ehefrau entschlüsseln und auf Basis dessen eiligst die Flucht zu ergreifen. Leider erfüllte unsere engelgleiche Angela nicht diese Voraussetzungen und versuchte sich in Richtung Mittagessen in Bewegung zu setzen.

‚Blöde Alte, den fress ich…'

Angela gelang es nicht den Satz zu beenden, da dummerweise das liebende Muttertier ihr den Kopf mit einem Hieb ihrer mächtigen Klauen vom Rumpfe trennte.

‚Ich habe genug von euch egoistischen Bälgern, die wahre Mutterliebe nicht zu schätzen wissen. Kochen, putzen, waschen und diese gierigen, kleinen Monster mit Futter versorgen. Dann diesen Bekloppten, bei dem mir dreimal am Tag das Wasser im Munde zusammenläuft und den ich trotzdem da nicht fressen darf. Aber das ist die Gelegenheit mich von allem zu befreien. Nun zu Dir!'

Entschlossen wand sich unser Hausdrachen nun der jüngeren Tochter zu. Die allerdings hatte inzwischen die Reaktion ihrer Mutter erfasst und griff nun ihrerseits an. Bevor Scylla einem Hieb der Charybdis zum Opfer fiel, gelang es dem spinnenartigen Kindchen Mama zu beißen und ihr Gift zu injizieren.

‚Undankbare Blagen…'

Famous last words! Damit verschied dann auch die unglückliche Mutter. Wie einmal mehr sieht: ‚Reden ist tödlich, Schweigen ist Gold.'

Von all dem bekam Schultze allerdings nichts mehr mit, da ihn nach Angelas Enthauptung eine gnädige Ohnmacht umfing.

Der Held unserer Geschichte und letzter Überlebender erwachte schließlich nach einiger Zeit aus seinem künstlichen Koma und fand sich von seltsam bekleideten Zeitgenossen umringt, die ihn ziemlich verblüfft anblickten. Während sich der frischgebackene Witwer mühselig erhob, raunten das Publikum in einer dem

wortgewandten Staatsdiener unverständlichen Sprache.
'Die Bayern', so dachte Schultze, 'da sind wirklich einmal
Strukturmaßnahmen notwendig.' Welch seltsamer Traum,
wo waren eigentlich sein getreues Weib und die
liebevollen Töchter? Diese bajuwarischen Bräuche, haben
die doch die Schädel drei unbekannter Tiere an Pfählen
befestigt; Dunkeldeutschland! Aus solch weisen
Gedankengängen riss Schultze nun, wie er vermutete, der
Bürgermeister, der mit einigen Speerträgen sich den Weg
durch die bäuerliche Menge bahnte und mit einer
seltsamen Rüstung bekleidete war, die ihn irgendwie an
Heikos Römeroutfit anlässlich der Rosenmontagssause in
Köln erinnerte. Der weltoffene Staatsdiener war ebenso
entsetzt wie verwundert über den Zustand der
Bundespolizei und der Armut der Kommunen in Bayern.
Oder war dies gar Sachsen?! Man sollte unserem
hochgebildeten Staatsdiener gewisse Missinterpretationen
nachsehen, da dieser sein geschichtliches Wissen fast
ausschließlich aus diversen Hollywoodschinken mit dem
historischen Gehalt von Erdbeereis und Erdnussbutter
bezog. Der Bürgermeister betrachte unseren leicht
verdreckten und wohlriechenden Helden - der Misthaufen,
do you remember, hatte hier seinen Tribut gefordert - mit
ehrfürchtiger Verwunderung. Schließlich sprach der
kommunale Häuptling den viel geplagten Schultze
ehrfürchtig an, der wiederum nur die Worte ‚Arturius' und
‚rex' verstand. Waren das gar Pleite-Griechen? Schließlich
begriff der Finanzbeamte, dass ‚Arturius' wohl der Name
des Bürgermeisters war.

‚Sehr erfreut, ich bin Oberamtmann Detlef Schultze aus Berlin.'

Der Angesprochene schaute den seltsamen Fremden leicht verständnislos an.

‚Oberamtmann Schultze Berlin'.

Diese Griechen! Aber vielleicht sollte doch besser noch einen höflichen Gruß hinzufügen.

‚Kalimeria, ach kalimera'

Der Bürgermeister nickte ehrfürchtig und wiederholte das, was er als Namen und Herkunftsort des gewaltigen Zauberers, der die Plage Britannien, - außer Angeln und Sachsen natürlich - offensichtlich besiegt hatte, zu verstehen glaubte.

‚M'erlin ex Avallonia'

So begann die Geschichte des mächtigen Magiers Merlin und Schultze bekam eine unverdiente, aber respektable, Rolle in der Welt der Mythen und Legenden.

‚Fuck me Amadeus' und da sage einer Zeitreisen wären nicht möglich.

Ein LARP-Rezept

Hier sei euch ein Rezept für einen ebenso geheimen wie leckeren Hochelfenkuchen verraten:
300 Gramm Butter oder Margarine
1 x zerriebenes Elbenkraut aus 'Mama Heintjes' Coffeeshop in Amsterdam oder ersatzweise Brennnessel
300 Gramm Zucker
2 Packungen Vanillezucker oder 'Elfen Dust' aus dem Görlitzer Park
8 Wachteleier
1,5 Teelöffel Zimt
500 Milliliter Schlagsahne
1 Packung Raspelschokolade
250 Milliliter Tullamore Dew oder ersatzweise eine edlere Whiskeysorte
300 Gramm Mehl
50 Gramm Speisestärke
1 Packung Backpulver
Das Ganze 3 Stunden in einer Vollmondnacht und unter Verwendung elbischer Zaubersprüche – ersatzweise kann man auch bayrischer Volkslieder vortragen - verrühren. Dann benötigt ihr noch eine große, diamantene Backform in Form eines Flitzebogens, die ihr fetten und leicht mit Goldflocken aus Blattgold bestreuen müsst; falls es an dem nötigen Kleingeld mangelt, tut es auch Omas alte Kuchenform und Paniermehl. Schließlich auf 175° C 60 Minuten lang backen und dabei traurige, elbische Weisen singen.

Story II: Fool's End

Ort der Handlung unserer Geschichte ist eine vergessene, leicht heruntergekommene Stadt inmitten des Ruhrgebiets. Die wundersamen Geschehnisse, die ich hier berichten werde, fanden zu Zeiten der alten Bundesrepublik statt, einige Jahre bevor der zweite Deutsche Staat auf unkriegerische Weise annektiert wurde. Die Älteren von euch werden sich vermutlich daran erinnern: Eine stabile Währung, die nicht durch Alternativlosigkeit brillierte, der kalte Krieg mit drohendem atomarem Holocaust, keine lustigen Bildchen und grenzdebile Sprüche auf den Zigarettenpackungen; letztere sind in gewissen Kreisen bereits zu Sammlerstücken avanciert. Helden dieser Geschichte sind Frank Brighella und Eduard Pagliaccio, ein eher merkwürdiges Freundespaar, das beabsichtigte, am Wochenende so richtig einen draufzumachen. Nun mag der geneigte Leser die Vornamen vielleicht für etwas unstimmig halten, aber die sind in dieser Geschichte -mit zwei Ausnahmen- völlig irrelevant; wenn's sche macht, kann die Beiden meinetwegen auch Franco & Eduardo nennen. Eduard oder kurz ‚Ede' kam in diesem Sinne auf die äußerst ausgefallene wie kreative Idee, doch eine Kneipentour zu starten. Für den unwissenden Leser sei hier angemerkt, dass unser ‚Ede' darunter einen Zug durch die Gemeinde verstand, bei dem in jeder unglücklichen Gaststätte auf dem Wege maximal drei Spitzenerzeugnisse deutscher Braukunst -Bier oder umgangssprachlich ‚Plörre' genannt- unseren durstigen Helden zum Opfer fallen sollten. Als eine Art Wurmfortsatz und Blitzableiter begleitet die beiden Genussmenschen Ovidius Meyer als beste Nebenrolle. Das sollte eigentlich als Vorgeschichte genügen. Stürzen wir uns also ins Geschehen und beginnen mit dem Augenblick, als unsere drei wackeren Gefährten Frankies Behausung in Richtung ihres nächtlichen Abenteuers verlassen.

‚Zum ‚Roten Kosaren' oder zum ‚One-eyed Bandit'?'

Brighella richtete seinen Blick fragend auf den rothaarigen Freund. Der war zwar für seinen Geschmack manchmal ziemlich dumpf auf der Platte, konnte sich aber erstaunlich gut ausdrücken und hatte manchmal recht interessante Ideen. Edes grandioser Einfall mit der Kneipentour hielt der getreue Freund zwar für leicht daneben, aber andererseits bot sich vermutlich doch eine Möglichkeit des Amüsements, wenn Ovidius, die alte Kartoffel, mit stupiden Sprüchen brillierte oder sich sein gestörter Kumpel besoffen bis auf die Knochen blamierte. Aber eigentlich war das nur Plan B, Frank hatte da nämlich seinen eigenen Masterplan.

‚Dat Herman-the-German, da hab` ich schon eine Fanta getrunken, wenn als die mein Postwägelchen verstecken taten. Da geht Papa auch hin und da sind nur Deutsche! Potatoe Joe, der Wirt, is echt nett, ne.'

Ungeachtet der Fragestellung blieb des Ovidius Vorschlag wie gewöhnlich unbeachtet - etwa wie in heutiger Zeit eine beliebige Anfrage der AFD.

‚Ich weiß nicht? Im ‚One-eyed Bandit' soll es doch jeden Abend ne Schlägerei geben und der ‚Rote Korsar' ist doch schon ziemlich asozial.'

Es sollte an dieser Stelle vielleicht erwähnt werden, dass der edle Eduard aus der erwähnten Lokalität zum Gaudium seines treuen Freundes Brighella, der natürlich an jenem gastlichen Ort verblieb, volltrunken vom wohlmeinenden Wirt recht unsanft entfernt wurde, nachdem er auf die unvorteilhafte Idee verfiel, die anwesenden Gäste als ‚Affen' und ‚Idioten' zu bezeichnen. Da das Publikum in jener heimeligen Taverne einfach gestrickt war und kurz davorstand, derartige Lobpreisungen sozusagen ‚auf eigene Faust' zu beantworten, verhinderte des Gastronomen karitative Tat wohl schlimmeres. Die noble Aktion minderte zwar Franks Freude doch ein wenig, aber leider leben wir ja in keiner perfekten Welt.

Schelmisch blickte Brighella den hoch geschätzten Freund an.

‚Alter, da fällt mir eben ein. Wie wäre es denn mit dem ‚Bachelor's Slut'? Das ist zwar ein bisschen weiter, aber die haben jetzt gerade ‚Happy Hour' und bieten die Getränke für die Hälfte an. Die sollen auch echt gute Frauen haben, ich schwöre!'

‚Dat sind 5 Kilometer! Gehen wa doch in dat ‚Dancing Pony'. Sind auch keine Kanackens. Butterblume, der Wirt hat sogar nen Sonderpreis für mir. 'Dat Hälfte vom doppelten Preis', wie er gesacht hat.'

Es muss nicht explizit darauf hingewiesen werden, dass auch diese Bemerkung von berufener Seite keine rechte Würdigung fand.

‚Echt jetzt? Gut, gehen wir dahin. Ein kleiner Fußmarsch kann nicht schaden.'

Ede Rothaars Bemerkung fand sogleich die Zustimmung des wortgewaltigen Meyerlings.

‚Is gut, ne. Ich geh auch gern. Die Kollegens haben mich schon ‚Running Gag' des Jahres wählen getan. Weiss zwar nich, wat dat heißen tut, is aber irgend wat mit laufen.'

‚Da haben Deine Kollegen wohl nicht so unrecht, dann mal los.'

‚Was für Idioten, wenigstens hat der irre Ede meinen Köder geschluckt! Jetzt kommt die Zeit, den zweiten Teil des Plans umzusetzen', kicherte Frankie innerlich.

‚Klaro Nachtwanderungen durch Gelsum-Süd sind echt geil, da kann man was erleben.'

Hierzu müssen wir wissen, dass diese Gegend schon zur damaligen Zeit in gewissem Maße für gelegentliche, lustige Megaevents wie beispielsweise ‚Raubüberfall' oder ‚Körperverletzung' weitläufig bekannt war.

‚Ooops! Ich habe doch tatsächlich meine Kohle vergessen. Ich fürchte, ich muss noch in die Wohnung, meine Patte suchen. Ich weiß wirklich nicht. wo die ist. Ich will aber keinen aufhalten.'

Jetzt erschien jene Behauptung des gelehrigen BWL-Studenten Brighella seinen biederen Freunden durchaus glaubwürdig, da der Zustand seines trauten Heims in späteren Zeiten ein Highlight für diverse Messieteams gehobener, privater TV-Unterhaltung gewesen wäre.

‚In Ordnung Frank, wir gehen dann einmal vor. Dann kannst Du in aller Ruhe nach Deinem Portemonnaie sehen.'

‚Pagliaccio ist doch wirklich zu dämlich.'

‚Ich weiß wirklich nicht, wo es ist. Am besten hilfst Du mir Eduard! Meyer, der alte Dauerlutscher, kann dann vorgehen und auf uns warten.'

‚Meinst Du wirklich, dass das etwas nützt?'

‚Dieser Idiot.' Frank verdrehte nur leicht die Augen, da er sich an die Begriffsstutzigkeit seines Gegenübers schon einige Zeit gewöhnen durfte.

‚Eduard, Du solltest dableiben, ich schaffe das nicht alleine.'

Ein vielsagendes Zwinkern brachte letztendlich den schnell denkenden Ede auf die richtige Spur.

‚Ach so. Dann zieh schon einmal los Meyerchen, wir kommen nach. Ist doch okay für Dich?'

‚Is klar, ich geh dann mal.'

Ein sardonisches Lächeln umschmeichelte das feiste Gesicht des ehrlichen Wirtschaftswissenschaftlers.

‚Pass auf Dich auf und verirr Dich nicht Du Pfadfinderin!'

‚Ihr seid echt supi Kumpels, echt.'

Unter dem beifälligen Gelächter seiner wahren Freunde trat der lebensweise Ovidius seinen langen Weg nach Tipperary an.

Kichernd wie die Pennälerinnen zogen sich sie Zurückgebliebenen in Frankies wohlgeordnete Katakomben zurück. Selbst der leicht ranzige Geruch, der dort herrschte, konnte der Ausgelassenheit der getreuen Freunde keinen Abbruch tun.

‚Ist der dumm, was für ein Schwachkopf!'

‚Nicht nur der!'

Brighella grinste seinen geschätzten Spezi ebenso verschwörerisch wie auffordernd an.

‚Genau, Du sagst es Alter!‘

‚Also Frank, ein richtiger Mann ist der jedenfalls nicht. Ich würde nicht so mit mir umspringen lassen und wenn einer zweimal so groß oder so breit wäre wie ich.‘

‚Dann wäre der wohl normal gebaut, das einzig Kräftige an Dir ist Deine Nase.‘

Mit einem fast verräterischen Glitzern in seinen Augen betrachtete die wirtschaftliche Zierde der bundesdeutschen Studentenschaft eingehend den wenig herkulischen Körperbau seines geliebten Freundes. Obwohl unser stiller Kritiker auch nicht Adonis gleich daherkam und mit seinen überflüssigen Pfunden an eine spezielle Art von menschlicher Kugel erinnerte, hielt er sich doch für unendlich attraktiver als Pagliaccio.

‚Alter, manche Typen sind doch voll lächerlich!‘

‚Dann sollten wir doch einmal nach Deiner Brieftasche suchen!‘

‚Mann, bist Du bescheuert.‘

Brighella konnte sich eines leicht genervten Seufzers nicht enthalten.

‚Olden, das war nur nen Vorwand, um den Leerbrenner loszuwerden. Du willst doch nicht ernsthaft ne Stunde durch die Pampa rennen, das is ja wirklich völlig uncool. Machen wir es uns hier noch gemütlich und rufen wir ne Taxe. Den doofen Ovidius können wir ja dann vor der Kneipe auflesen.‘

‚Sollen wir den wirklich mitschleppen? Man sollte doch eigentlich nach dem kategorischen Imperativ handeln. Ich weiß nicht, der ist doch eigentlich nur ein armes Schwein?‘

‚So wie Du, Klugscheißer.'

Oh, ein seltener Anflug von Empathie, aber Frankie kannte seine Pappenheimer.

‚Alter, dann haben wir wenigstens was zu lachen. Ich ruf' doch mal das Taxiunternehmen an, sonst wird`s doch noch zu spät.'

‚Bald lasse ich den Depp bluten!'

Wir haben uns jetzt einen kurzen, aber ausführlichen, Überblick hinsichtlich der wundervollen Gedankenwelt unseres überaus menschenfreundlichen Wirtschaftsgelehrten verschafft. Der geneigte Leser mag dies im folgenden Text nach eigenem Ermessen fortsetzen. Hier bleibt eigentlich nur noch zu bemerken, dass unser cooler Humanist trotz seiner physischen Massigkeit im psychischen Sinne eher eine gewisse Ähnlichkeit mit gliederlosen Reptilien aufwies, deren Reputation schon seit jeher ruiniert sein dürfte.

‚Erledigt, Olden. Taxi kommt inner halben Stunde. Wie war das mit dem katholischen Imperativ?'

Bezüglich der folgenden hochgeistigen wie niveauvollen Konversation reicht es durchaus, diese eher in groben Zügen wiederzugeben. Frankie pflegte seinen besten Freund, der Philosophie und VWL im ersten Semester belegt hatte, erst ein wenig fachsimpeln zu lassen, bevor er den Fokus auf das aktuelle politische Geschehen umleitete. Dann lauschte er voller innerem Vergnügen der mit Sicherheit folgenden Philippika, die auf eigentümliche Weisen rechts- und linkspopulistische Perspektiven zu einem kuriosen Brei vereinigte, der irgendwann in eine fantastische Metaebene mündete, aus der es kein

Entrinnen gab. Zwar mangelte es Brighella an Intelligenz, alle Inkonsistenzen in der Dialektik seines redseligen Freundes aufzudecken, aber er hatte trotzdem seinen Spaß. Besonders gefielen ihm die gelegentlichen Machosprüche ‚Philosophen Edes‘, da ihm die Empirie bewiesen hatte, dass unser verbaler Heros eher zu den ängstlicheren Naturen gehörte. Jetzt war natürlich unser vollschlanker 'Jago' selbst ein bekennender Feigling, aber das trübte in absolut keiner Weise das Vergnügen seiner Zuhörerschaft. Fairerweise sei hier angemerkt, dass der verhinderte Sokrates unter einer mittelschweren, pseudo-narzistischen Persönlichkeitsstörung litt und einen wirklich kompetenten Studienberater besaß, der so viel von seinem Job verstand, wie die Kuh vom Stuhlgang.

‚…blablabla…‘

‚Mann Alter, das sind ja genialistische Ideen. Aber ich glaube, das Taxi ist da. Du setzt Dich am besten nach vorn, da haste nen besseren Überblick.‘

Bei derartigem Lob des aufrichtigen Freundes nahm das Gesicht unseres Othello-Imitats einen Ausdruck an, der in seiner überlegenen Arroganz wohl den Portraits römischer Imperatoren auf diversen Triumphsäulen nicht unähnlich gewesen sein dürfte.

‚Dankeschön, das mache ich …‘

So brachen nun die Gefährten in Richtung Schicksalsberg auf…Huch, falscher Film, es muss natürlich heißen: ‚Bachelor's Slut‘. Die Reise verlief weitestgehend ohne dramatische Höhepunkte und unter Fortsetzung der Talkshow, die allerdings ihr Ende fand, als der schnellzüngige Eduard den waidwund japsenden

Meyerling kurz vor dem ersehnten Ziel erblickte. Ein neuerlicher Anflug von Mitleid wurde in gewohnter Manier von unserer Wirtschaftsfachkraft abgebügelt, die dann dem tapferen Wandersmanne fröhlich zuwinkte.

Zur großen Überraschung Pagliaccios kam das Taxi an einer Straßenkreuzung zum Stehen; von der herbeigesehnten Lokalität war indes nichts zu sehen. Dafür verließ dann der feiste BWL-Student mit erstaunlicher Behändigkeit die Mitfahrgelegenheit.

,Fünfzehn achtzig', bemerkte lakonisch der Kutscher in leicht gereiztem Ton. Dessen mürrisches Schweigen, unterbrochen von gelegentlichem Räuspern, war während der Fahrt immer beredeter geworden.

,Aber, das ist nicht das ,Bachelor's Slut', nicht wahr?' Macho Edes zaghafter Einwurf provozierte, so sanftmütig er auch herüberkam, eine sehr unsensible Gegenreaktion.

,Friedrich-, Ecke Ebertstraße. Jedenfalls hab ich dat vonner Zentrale so bekommen. Jetzt zahl schon Du Vogel. Du kannst froh sein, dat ich Dir nich für euer Scheiss nen Fuffziger abknöpfe.'

Und wieder sehen wir hier den Unterschied zwischen Theorie und Praxis. Die harschen Worte unseres genervten Taxifahrers schüchterten unseren verbalen Helden dermaßen ein, dass dieser glatt statt des geforderten Betrages 20 DM bezahlte. Die hatten nun eine leicht mäßigende Wirkung auf den munteren Taxifahrer, so dass er mit einem freundlich gebrummten ,Gibt Schlimmere' den energischen Ede aus seinem Vehikel hinauswarf.

Brighella konnte sich ein aussagekräftiges Grinsen nicht verkneifen.

‚Is alles okay, Eduard?'

‚Ich glaube, da gab es ein Missverständnis. Die Taxizentrale muss die Adresse verwechselt haben.'

‚Oh shit, alter Schwede. Das hab ich ja völlig vergessen. Mensch bin ich blöd! Ich habe den ein paar Meter eher halten lassen, damit es nicht so teuer wird. Wir müssen echt nur die Ebertstraße 100 Meter rauf, dann sind wir da!'

Wie viele Zeitgenossen aller Gesellschaftsschichten in ähnlichen Situationen begriff auch Pagliaccio tief in seinem Innern, dass er hier gerade mit grandioser Dreistigkeit aufs Kreuz gelegt wurde. Wie bei vielen anderen Betrogenen zu allen Zeiten ließ sein Wunschdenken die harte Sprache der Realität verstummen.

Das war nun der erste Streich und der Zweite folgt sogleich.

‚Voilá, wir sind da!'

Freudestrahlend blickte Frankie sein bereitwilliges Opfer an und öffnete die Arme mit einer großzügigen Geste des Willkommens. Dieses befand sich aber im Zustand fortschreitender Verwirrung.

‚Da steht aber Dorian Gay?'

‚Alter, leck mich anne Trüffel. Tatsächlich, die müssen den Laden umbenannt haben!'

‚Müsste doch eigentlich ‚Dorian Gray' heißen?! Weißt doch, von Billy Wilder!'

‚Ne!'

Nachdem sich Oscar Wilde einige Male nachhaltig in seiner letzten Ruhestätte umgedreht hatte, startete der gutmütige Gefährte seinen nächsten Coup.

‚Eduard, da kommt mir so ne Idee. Ich sondiere am besten die Lage inner Kneipe. Du suchst den bekloppten Meyer, die arme Sau verläuft sich sonst noch!'

‚Herrje, die Möglichkeit besteht realiter. Das Beste wird sein, ich stelle mich an der Ecke auf, an der ich aus dem Taxi ausgestiegen bin.'

Seinen kärglichen Mut zusammenraffend betrat Brighella das bekannte Etablissement in der Gewissheit, dass sein nächster Schritt nicht ganz so einfach werden würde. Wir müssen uns hier eine stinknormale Gaststätte vorstellen, in der sich drei außergewöhnliche Herren nebst Wirtin Columbine Justiniani befinden, die gerade die bisherigen Tageseinnahmen zählt. Wie erwartet, löste Frankies Auftritt auch einige Verwunderung aus.

‚Hi Columbine!'

Die Angesprochene blickte auf und verzog angewidert ihr Gesicht.

‚Frankie, Du mieses Stück Scheiße, dass Du Dich noch her traust!'

Giorgios Maniakis, einer der Gäste, erhob seinen gewaltigen Körper halb von seinem Stammplatz am Tresen.

‚Columbine, soll ich dieses Ungeziefer zertreten.'

Wie es so schön heißt, war die Stimmung kurz davor zu kippen und zwar mit voller Wucht auf den rührigen Studenten, von dem dann vermutlich nur noch Studentenfutter übriggeblieben wäre. Glücklicherweise gehörte unser grundanständiger Akademiker zu den wenigen Angsthasen, die durch ihre Panik zu Höchstleistungen getrieben wurden.

‚Ruhig Leute, ich will Frieden schließen, ernsthaft!'
Maniakis hatte sich nun ganz erhoben, hielt sich aber auf einen Wink Columbines zurück.

‚Ich hab hier ne Morgengabe für euch: Nen Bekloppten und nen Goldfasan. Ohne Scheiss, da sind drei Hunnis drin ohne viel Aufwand. Das sind zwar Heteros, aber viel blöder als die Homos und Lesben, die wir sonst abziehen. Wir arbeiten einfach wie sonst, inklusive meiner Provision. Was meint ihr?'

Columbine Justiniani, die fröhliche Wirtin mit dem goldenen Herzen, nickt nachdenklich.

‚Dann lass mal Deine Fliegen zur Spinne kommen. Ist sowieso mau heute.'

Nach einigen Minuten betraten die vorherbestimmten, aber gleichsam unwissenden, Opfer in fürsorglicher Begleitung ihres Henkers die gemütliche Taverne.

‚Siehste Eduard, alles okay, nur neuer Name. Au verdammt, die Weiber kommen wohl später. Sorry Pagliaccio, das is zwar großer Mist, aber aus der Kneipentour wird wohl jetzt nix. Meyer, Du alte Süßkartoffel, setzt Dich mal da hin.'

Nachdem Ovidius seinen zugewiesenen Platz eingenommen hatte, platzierte sich auch sein Schicksalsgenosse in spe, nachdem ihm der treusorgende Freund mit einer einladenden Geste auf einen Thekenplatz vis-à-vis der gutmütigen Wirtin den Schicksalsweg gewiesen hatte.

Derweil taxierte Columbine die Neuankömmlinge mit einem Blick, der an gewisse Raubtiere gemahnte, die eine magere, aber schmackhafte Beute begutachteten.

‚Oh Frankie-Boy, sind das Deine Freunde? Frankies Freunde sind mir immer willkommen!'

Wieder beschlich den ausgeschlafenen Ede das Gefühl, dass hier irgendetwas ganz und gar nicht stimmte, aber wieder war der Wunsch der Vater aller Dinge.

‚Danke! Ich glaube, Frank Du hast recht, wir sollten wirklich hierbleiben, das ist anscheinend wirklich ein sehr gastfreundlicher Ort. Ich möchte gerne ein Bier bestellen. Es ist doch noch ‚Happy Hour' nicht wahr?'

‚Für mir ´ne Fanta, aber nix Knoblauch.'

Gewohnheitsgemäß beachtete niemand den Einwurf aus der rechten Ecke, den der Meyerling mit seiner leicht quäkenden Stimme hervorbrachte.

Brighella fühlte sich nun genötigt, unterstützend einzugreifen - vorallendingen da er bemerkte, dass der bisher haifischlächelnde Maniakis bedenklich seine Stirn runzelte.

‚Mein Kumpel macht nur Spaß! Columbine mach uns mal drei Jacky-Cola. Ein Kerl wie mein Freund is nich nur voll intelligent, sondern is auch humorig.'

Solchermaßen gewürdigt, vergaß der Philosoph seine ursprüngliche Intention nun völlig und nickte voll würdevoller Zustimmung. Hier sei nunmehr angemerkt, dass die übrigen Gäste, Pantalone und Arleccino, dazu leise vor sich hin kicherten. Pantalone müssen wir uns als einen sehr gepflegten älteren Herrn von hagerer Statur vorstellen, während Arleccino eine gewisse Ähnlichkeit mit dem großen Antagonisten einer gerechtigkeitsliebenden Fledermaus aufwies, die in Gotham City residieren soll.

‚Is da Alkohol drin?‘

Rechte Beachtung wieder ausgeschlossen.

‚Happy sind wir immer. Für Deinen stattlichen Freund und seinen Begleiter mache ich das doch gerne.‘

So trällerte Singvogel gleich unsere offenherzige Wirtin und machte sich sogleich daran, die gewünschten Getränke zu mixen. Allerdings gehörte die bestellte Whiskeysorte weniger zu den Indigrenzien des Drinks, sondern ein Ersatzprodukt mit dem sinnreichen Namen ‚Old Stablefort‘, das die billigste Variante des edlen Getränks im Sortiment eines sehr günstigen Discounters darstellte.

‚Jacky?‘

Der kultivierte Betriebswirtschaftler konnte sein Entsetzen über so viel Unwissen seines stattlichen Gefährten kaum verbergen.

‚Jack Daniels, dat is ne besonders edle Whiskeysorte für echte Kerle wie uns.‘

Wieder erstrahlte die Miene unseres Sophisten wie die Mittagssonne im Juli.

Arleccino hatte derweil den Auftritt der unwissenden Gäste neugierig begutachtet und agierte nun eindeutig gegen das Drehbuch.

‚Seid ihr Jungs eigentlich sicher, dass ihr hier hingehört?‘

Die Ursache jener erstaunlichen Bemerkung war weniger ein Anflug von menschlichem Mitleid als Zweifel an der Sportlichkeit des geplanten Unterfangens hinsichtlich solcher Jammergestalten.

Während Maniakis wiederholt die Denkerstirn furchte und Pantalone sein Erstaunen kaum verbergen konnte, reagierte die unser 'Jago' ungewohnt schnell.

‚Für echte Kerle wie uns is dat doch voll dat Richtige. Wir sind hier goldrichtig, wat Eduard?!'

‚Ja alter Freund, goldrichtig!'

‚Du hast seine Entscheidung vernommen geschätzter Arleccino.'

Ein katzenhaftes Lächeln umschmeichelte die Lippen der schönen Wirtin.

‚Es wird Zeit für Deinen Abgang!'

‚So gehe ich nun in die Nacht. Wünsche wahren und falschen Freunden die Freuden, die selbige zu bieten hat.'

Mit einer leichten Verbeugung verließ Arleccino, dieses Mal durchaus im Rahmen der geplanten Handlung, das Lokal. Diese Wendung unserer Geschichte mag den geneigten Leser vielleicht erstaunen, hatte aber recht praktische Gründe. Die Aufgabe unseres ‚Jokers' in diesem Schauspiel bestand nämlich darin, die kleine Kneipe am Ende der Straße vor weiteren Besuchern solange abzuschirmen, bis die intendierte Vermögensumverteilung ihr erfolgreiches Ende fand.

Der Weise aus dem Ruhrpottland vermochte zu seinem entschiedenen Nachteil die Situation nicht so recht zu interpretieren.

‚Das ist vielleicht ein komischer Kauz!'

‚Jau Ede, mein Freund. Es gibt schon lächerliche Pfeiffen. Am lächerlichsten sind die, die dann noch einen auf intellektuell machen. Denen kann nicht einmal unsere Gen-Kartoffel Meyer das Wasser reichen!'

‚Ätz, diese doofen Intelellen!'

Des Meyerlings freundliche Bemerkung fand gewohnheitsrechtlich die sprichwörtliche Aufmerksamkeit, die einem Sack Reis zuteil wird, der unglücklicherweise in China platzt.

Der eigentliche Sinn jener Worte entging auch dieses Mal dem weltgewandten Rotschopf.

‚Nicht jedem ist unser Niveau gegeben, lieber Frank. Diese Leute sind bedauernswert genug.'

‚Bitte die Herren, drei Jacky-Cola.'

Die liebenswerte Gastronomin hatte ihre Auswahl getroffen, die in diesem Fall auch keine besondere Herausforderung darstellte und begann ihr Spiel.

‚Frankie-Boy, willst Du mir nicht Deinen netten Freund vorstellen.'

‚Columbine, dieser aufregende Knabe ist ‚Ede' Pagliaccio. Ich sach Dir, von dem kann selbst nen Kerl wie ich wat lernen.'

‚Ich bin sehr erfreut Sie kennenzulernen, mein Name ist Eduard Pagliaccio und wie ist Ihr Name, verehrte Dame?'

Brighella und andere Anwesende bemühten sich aufrichtig, nicht in schallendes Gelächter auszubrechen. Columbine würde auf Ihre Kosten kommen!

‚Ich heiße Columbine Justiniani, mein Hübscher und bin die Inhaberin dieses gastlichen Ortes.'

‚Darf ich etwas fragen gnädige Frau?'

Noch immer kein Gelächter. Man merke, der wahre Profi zeichnet sich durch extreme Selbstbeherrschung aus.

‚Was willst Du denn von mir wissen, Bello?'

‚Warum heißt das Lokal eigentlich jetzt ‚Dorian Gray‘ und nicht mehr ‚Bachelor's Slut‘?‘

Die attraktive Wirtin verlor für einige Sekunden die Contenance, dann gewann die Routine wieder die Oberhand.

‚Nun ja, Bello, mein Vorgänger hatte keinen Bock mehr und ‚Dorian Gay‘ gefiel mir einfach besser. Der Name hat übrigens nichts mit Oscar Wilde zu tun, abgesehen von seinen kleinen Vorlieben.‘

‚Oscar Wilde?‘

‚Du bist intelligent Dottore, was? Aber Bello, lassen wir doch den langweiligen Kram, erzähle mir doch mehr von Dir. Ein aufregender Mann wie Du erlebt bestimmt so manches…blabla…

Unterbrechen wir diese höchst interessante Konversation und lassen einige erklärende Worte folgen. Columbines halbseidener Vorgänger -übrigens ein intimer Freund von Brighella- besserte seine kargen Einnahmen dadurch auf, dass er Gelegenheitsprostituierten gegen einen ordentlichen Obolus die Möglichkeit bot, Freier abzuschleppen. Das Geschäft lief zwar nicht sonderlich gut, aber man konnte davon leben. Wie der geneigte Leser höchstwahrscheinlich gemerkt haben wird, gehörten Frankies Freunde nicht gerade zu Fortunas Favoriten. Zum Leidwesen des Vorbesitzers suchte Don Draghettino, auch der ‚Al Capone‘ von Gelsum-Süd genannt, dringend eine geeignete Lokalität, um schmutziges Geld zu reinigen. Nach einem dezenten Tip Brighellas -Columbine und er waren kurze Zeit liiert- machte der Miniaturpate dann ein Angebot, dass man nicht ablehnen konnte. Leider haute hier Frankie einen weiteren Freund für Gotteslohn in die Pfanne, da man ihn zurecht nicht als vertrauenswürdig betrachtete; so war er weiterhin auf gewisse kleine Nebengeschäfte angewiesen.

‚…blabla. Und dann war da diese interessante Dokumentation über das Byzantinische Reich: Vom misslungenen Versuch der Rückeroberung Siziliens bis zur Eroberung Konstantinopels durch die Türken Anno Domina 1453. Oh, liebe Columbine, ich fürchte, ich muss einmal kurz brunzen, wo finde ich eigentlich die Klos?'

‚Domina, klingt gut? Dottore Du bist ja wirklich ein kultivierter Gentleman und weisst es, eine Frau zu unterhalten. Anno Domini 1453? So wahr ich Justiniani heiße, das hätte ich nie vermutet. Die Toiletten sind hinter der Glastür da. Aber beeile Dich, caro mio. Ich kann es kaum erwarten, diese prickelnde Konversation fortzusetzen!'

Glücklich machte sich unser Galan daran sein Geschäft zu erledigen.

‚Ihre verdammten Flaschen! Wollt ihr, dass der Kerl mich zu Tode langweilt. Ich habe nicht ewig Zeit!'

Pantolone fühlt sich nun bemüßigt, die Situation möglichst zu deeskalieren.

‚Chefin, wir wollten Dir nicht den Spaß verderben. Aber wir sollten vielleicht auf unseren anderen Gast Rücksicht nehmen.'

Brighella machte eine wegwerfende Geste.

‚Die Kartoffel schnallt sowieso nix. Alles senkrecht Meyer?'

‚Is klar. Die Südländers sind lustich, mich gefällt dat.'

Dummerweise funktionierte Pantalones Taktik genauso gut, wie derartige Bemühungen ehrfurchtsgebietender Ordnungskräfte Kapitalverbrechern gegenüber.

Die liebreizende Gastronomin maß den flotten Frankie mit einem Gorgonenblick.

‚Du solltest Dir jetzt etwas einfallen lassen, Brighella, sonst lässt sich Giorgios sich etwas mit Dir einfallen!'

Maniakis erwartungsvolles Lächeln, ließ nun auch unseren Wirtschaftswissenschaftler eiligst Richtung Örtchen entschwinden.

‚Warum kümmert sich eigentlich niemand um die Kartoffelknolle, soll ich denn hier alles alleine machen?'

Maniakis und Pantalone beeilten sich nun, ihre Standartprozedur mit dem Meyerling zu initialisieren. Die bestand darin, sich neben das potentielle Opfer zu setzen und dieses mittels rhetorischer Kapriolen sowie sanfter Gewalt um seine Barmittel zu erleichtern; in vornehmeren Kreisen ist dieser tolle Trick auch als ‚Nudging' bekannt.

Wie üblich eröffnete Pantalone mit öliger Stimme - irrtümlicherweise aber nicht mit der Hetero-Masche, da die heftige Reaktion seiner gestrengen Herrin ihn leicht aus dem Konzept gebracht hatte.

‚Na mein Hübscher, so trocken. Dein Glas ist ja noch voll. Hast Du keinen Durst? Komm trink was mit mir, wir sind doch alle Queer.'

‚Ne, ich trink kein Bier, da is Schnaps drin.'

‚Wie bitte? Äh, ich meine, Du bist doch gay?'

‚Ihr Südländers! Ne, ich bin kein Schwede!'

Da es nun Pantalone völlig die Sprache verschlug, schaltete sich Maniakis, der Mann für's Grobe, ein.

‚Du möchtest doch bestimmt uns, Deinen Freunden, eine Runde spendieren. Man kann sehr leicht zu Schaden kommen, wenn man keine Freunde hat!'

‚Ihr Türkens, seid ja total gastfreundlich.'

Des Meyerlings Kompliment wurde nun zu seinem Leidwesen in wenig freundlicher Form honoriert, da Maniakis ihn ohne Vorwarnung in Richtung Außentür schleuderte und unser teutonischer Recke kurz vor derselben unsanft aufprallte.

‚Maláka, das wirst Du büßen. Gleich gibt es Kartoffelbrei!'

Wie bereits angedeutet, war Giorgios Maniakis ein Titan von einem Mann. Es hieß, in seiner Militärzeit als Offizier habe er seine Untergebene ziemlich übel zugerichtet und ein besonders renitentes Exemplar mit einer Hand mittels eines kunstvollen Würgegriffs in eine bessere Welt geschickt. Nach der unehrenhaften Entlassung war er mit großem Erfolg in der Inkassobranche für Don Draghentino tätig, kümmerte sich allerdings bei der Schuldnerberatung um einige Klienten so intensiv, dass diese bedauerlicherweise aufgrund ihrer schwächlichen Konstitution verschieden. Für die gesammelten Werke verurteilte ihn schließlich ein deutsches Gericht zu einer überaus harten Bewährungsstrafe. Der Don nahm daraufhin den emsigen Angestellten aus der Schusslinie und parkte ihn zwischenzeitlich in der Geldwäscherei. Für unseren Offizier und Gentleman war dies nun ziemlich hart, da er sehr viel Freude an seiner handwerklichen Tätigkeit hatte.

Die routinierte Gastronomin zeigte sich einmal mehr reaktionsschnell.

‚Giorgios beherrsche Dich, ich will hier keine Sauerei. Pantalone hat das letzte Mal eine halbe Stunde gebraucht um das Blut wegzuwischen, dabei hat doch er Dummistos mit der ‚Mumbo-Jumbo Technologie' benutzt. Was hat denn der kleine Arsch überhaupt getan?'

‚Meine Familie hat Jahrhunderte gegen die Osmanen gekämpft und dieser Hund nennt mich Türke!'

Der bedächtige Grieche musterte den sich allmählich aufrappelnden Flieger mit einem Blick, der vermutlich Profikiller in Panik versetzt hätte.

‚Ich verstehe Dich, aber der Don war echt sauer, als er den vom letzten Mal entsorgen musste. Du möchtest doch nicht mein Onkelchen verärgern?'

Giorgios beugte sich der argumentativen Macht des Unvermeidlichen.

‚Geh mir aus den Augen Du Wurm, das nächste Mal mache ich Gyros aus Dir.'

Mit ungewöhnlicher Behändigkeit verließ Ovidius das Lokal. Vor dem Eingang desselben betrachtete ihn Arleccino neugierig und sah zum ersten Male in die Augen des scheidenden Gastes.

‚Der janusköpfige Narr.'

Vorsichtig wich er vor Ovidius zurück. Der wiederum lächelte leicht und glitt geschmeidig in die Nacht.

Derweil ereigneten sich auf der Latrine gar bedeutsame Ereignisse.

Der leicht panische Brighella beeilte sich nun, seinen geliebten Freund abzufangen. Vom Duft der Fäkalien geleitet, fand er diesen an der Urinrinne stehen, wo der Gesuchte gerade sein Geschäft beendete. Mit einem heftigen Schlag auf die Schulter, der unseren Romeo fast aus dem Gleichgewicht brachte, aber außer einigen Urintropfen auf Schuhen und Hose keinen größeren Schaden anrichtete, begrüßte der umtriebige BWL-Student den Gefährten.

‚Leck' mich anne Füße Olden, hast Du ein Glück. Verrat mir doch mal, wie Du das nur machst.'

‚Huch Frank, was machst Du denn hier? Konntest Du das Klo auch nicht sofort finden?'

‚Dat konnte ich Dir inne Pinte nich sagen, aber die Alte steht voll auf Dich! Du bist echt nen Casanova!'

‚Meinst Du wirklich?'

‚Na claro. Ich weiss Eduard, Du has' schon tausend Frauen gehabt, aber ne Frau wie die musse beeindrucken, wenn dat wat werden soll. Da musse schon richtig aufn Putz hauen und wat springen lassen!'

‚Ich kann ihr ja ein Getränk ihrer Wahl ausgeben?'

‚Ne, ne. Ich glaub', dat reicht nicht. Der musse schon wat bieten. Nen Gentleman bezahlt immer die Getränke von sein Liebchen. Nen paar Lokalrunden solltest Du auch schmeissen und Musik machen, dat macht Eindruck. Echt Alten, sach ich Dir nicht gern. Du solltest schneller saufen, sonst hält die Alte Dich für nen Weichei, aber Du bist ja echt nen harter Kerl. Da musse auch nen paar coole Sprüche ablassen, darauf stehn die Weiber!'

‚Wird das nicht zu teuer?'

‚Lecko mio, dat kostet fast gar nix. Hasse nich heute Bafög bekommen? Die paar Kröten wirsse gar nich merken, ich schwör! Weil Du so nen töften Freund für mich bist!'

,Danke Frank, Du bist echt ein super Freund!'

In trauter Zweisamkeit kehrten die ungleichen Freunde in den Schankraum zurück, in dem unser erster dramatischer Höhepunkt gerade sein Ende gefunden hatte.

,Columbine, mein Kumpel hier will ne Lokalrunde ausgeben. Äh, wo issen der Bananenbeißer abgeblieben?'

,Dein attraktiver Freund ist ja ein echter Gentiluomo. Euer Freund war unpässlich und hat sich mit Tränen in den Augen verabschiedet:'

Den wohlmeinenden Ratschlägen seines Freundes folgend, beabsichtigte Eduard ,the Unready' zu beweisen, welch ein ganzer Kerl dank Chappi er doch sei.

,Wahre Männer weinen nicht, ich verachte solche Typen. Reisende soll man nicht aufhalten! Liebe Columbine, magst Du Musik, darf ich die machen?'

,Willst Du für mich singen Dottore, wie goldig. Aber besser, Pantalone sucht uns etwas Schönes an der Jukebox. Ich glaube die Herren trinken Gin Tonic, Frankie Boy einen Martini ungerührt und Du Dottore Deinen Whiskey - das ist so maskulin.'

Während die fröhliche Wirtin die Getränke vorbereitete, hatte Pantalone schon das erste Stück an der manipulierten Musikbox herausgesucht.

Anmerkung: Der Verfasser hat selbst einen nicht unbeträchtlichen Teil seiner Jugend als Insider im Ausschankwesen verbracht. Da gab es so einen Trick, mit dem man bei erwähnten Geräten den Münzeinwurf ausschalten konnte und den Aufsteller somit um seine Einnahmen prellte.

Bei dem ersten Song handelte es sich sinnigerweise um die Titelmelodie eines sehr bekannten Filmes über das Leben und Wirken einer sympathischen sizilianischen Familie namens Corleone von Francis Ford Coppola, dessen literarische Vorlage von Mario Puzo stammte.

Während Maniakis ein raues Lachen hervorstieß, Brighella in einen wahren Heiterkeitsausbruch verfiel und Columbine wissend grinste, begriff der ‚schlecht beratende‘ Eduard wieder einmal nicht den eigentlichen Sinn.

‚Wirklich ein lustiges Lied. Ist das vielleicht lombardische Volksmusik?‘

‚So ähnlich Dottore, Du bist wirklich ein Mann von Welt. Hier die Getränke, dann: Salute liebe Freund und Anwesende, auf ex!‘

Des Philosophenkaisers unpassender Männlichkeitstrip fand seine verhängnisvolle Fortsetzung.

Den geneigten Leser wird es vermutlich nicht erstaunen, dass der Einzige, der wirklich Alkohol zu sich nahm, unser philosophisch gebildeter Held war. Während Pagliaccio mit dem erwähnten Whiskeyimitat vorliebnehmen musste, bestanden die Getränke der Anderen vornehmlich aus Mineralwasser und Zitronenlimonade; Columbine besaß eben einen ausgeprägten Sinn für's Ökonomische.

‚Liebe Columbine, darf ich Dir vielleicht ein Getränk bestellen?‘

‚Wie feinsinnig Du doch bist Dottore. Aber ich trinke nicht gerne alleine, darf ich noch einmal einschenken?‘

‚Natürlich meine Liebe!'

Unerwartet für den spendablen Galan, der eigentlich erwartete, nur ein weiteres Glas mit seinem exquisiten Getränk vorgesetzt zu bekommen, bereitete die geschäftstüchtige Wirtin eine weitere Lokalrunde vor. Brighella entging nicht die leicht entsetzte Mimik des wertgeschätzten Freundes.

‚Olden, kostet wirklich fast nix. Columbine, mein Kumpel hier steht auch auf Filme mit Arnold Schwarzenegger, weil der so ähnlich wie er gebaut is.'

Der Leser möge an dieser Stelle nicht vergessen, dass die Handlung in den 80-er Jahre des letzten Jahrtausends angesiedelt ist.

‚Stimmt mein lieber Frank! ‚Conan der Barbar' finde ich super, von wegen Message und so.'

‚Dottore, Du bist ja ein wahrer Kunstliebhaber und so gut gewachsen. Erzähl mir doch mehr von Deinen faszinierenden Interessen.'

…blabla…

Nach diesem Strickmuster, sehr zur Freude Brighellas, verlief nun die nächste halbe Stunde. Maniakis langweilte sich derweil tödlich und sehnte sich nach erfüllender Handarbeit. Pantalone bediente zwischenzeitlich die Jukebox und begleitet die romantischen Bemühungen mit Songs wie ‚The Virgin' oder ‚Venus Flytrap'.

Normalerweise sah das Drehbuch für den beschriebenen Vorgang einen etwas längeren Zeitrahmen -üblicherweise bis zur Volltrunkenheit des unwissenden Galans- vor. Zum großen Bedauern Brighellas verlor jedoch die Regie angesichts der abwechslungsreichen und niveauvollen Konversation die Nerven.

‚Dottore, was bist Du doch nur für ein faszinierender Mann. Aber gleich ist Sperrstunde und ich will keinen Ärger mit der Polizei. Ich muss jetzt mit Dir abrechnen!'

Wieder erschütterte eine Woge der Heiterkeit den Raum, die sich Ede ‚der Barbar' nicht zu erklären vermochte.

Pantalone startete den letzten Song des Abends, eine weinerlich sentimentale Ballade über einen gegroundeten Romeo mit dem bezeichneten Titel: ‚Fool's End.'

‚Also dottore, da haben wir die Getränke, die Musik, Eintritt, den Toilettenbesuch und Korkgeld. Macht 299,99 Mark!.'

Ungläubig vernahm die ihm präsentierte Rechnung, die irgendwie an Gebührenbescheide notleidender deutscher Kreditinstitute erinnerte, unser überraschter Geistesriese.

‚Frank, Du hast doch gesagt, das wäre nicht teuer?'

‚Eh Olden, wat nennst Du teuer? Ich kenn mich aus, die Columbine hat Dir echt nen Sonderpreis gemacht! Is doch hier nen edler Schuppen.'

‚Will der Eierkopf nicht zahlen?'

Erwartungsvoll näherte sich der fröhliche Handwerker seinem potentiellen Klienten.

Von solch schlagenden Argumenten überzeugt, wählte unser Held die gesundheitsförderlichere Alternative.

‚Hier sind 300 Mark, liebe Columbine, stimmt so. Das ist alles, was ich habe! Wenn ich fragen darf: Können wir uns vielleicht noch nach Feierabend treffen?'

In Brighella stieg ein fast sexuelles Glücksgefühl auf, während die verständnisvolle Wirtin liebreizend lächelte.

‚Wie großzügig, Dottore. Damit wird meine Freundin aber nicht einverstanden sein, sie ist sehr eifersüchtig!'

‚Freundin? Ich verstehe nicht!'

‚Für einen maskulistischen Intelligenzbolzen wie Dich muss ich wohl deutlicher werden. Ich bin lesbisch, Du schmaler Wallach. Wenn ich hetero wäre, würde ich es bestimmt nicht mit so einem so hässlichen und uncharmanten Typen treiben. Geh jetzt nach Hause und mach`s Dir alleine.'

Mit gespieltem Mitleid schloss sich der aufrichtige BWL-Student der weisen Empfehlung an.

‚Tut mich ja fürchterlich leid für Dich Pagliaccio, aber Du gehst wirklich besser.'

‚Hau ab Du kleiner Scheißer, sonst greift Deine Zahnbürste morgen ins Nirvana.'

Maniakis wohlmeinender Rat gab dann schließlich den Ausschlag, dass der gescheiterte Casanova aus jenen gastlichen Gefilden mit tränennassem Antlitz schwankte.

Draußen vor der Tür betrachtete Arleccino 'Eduard den Zerstörten' mitleidig.

‚Adieu und gute Reise, werter Knabe.

Auch wenn es schmerzt, wahre Lebenserfahrung lernt man nur durch Leid.

Aber ach, viel Zeit wird Dir nicht beschieden sein.'

Nach vollbrachtem Tagewerk betrat Arleccino wieder die Bühne und betrachte voll Vergnügen den zufriedenen Brighella.

‚Mann is dat ne Pfeiffe, dat geborene Opfer. Die Type denkt echt, er wär mein Kumpel. Hab ich Dir zu viel versprochen Columbine? Kannste mir meine jetzt meine Provision geben, ich hab noch Termine.'

‚300 Tacken decken gerade einmal meine Auslagen, caro mio.'

‚Hey Columbine, wir hatten nen Agreement!'

‚Ein Adler verbündet sich nicht mit einem Wellensittich. Mir fehlt hier noch ein klitzekleiner Profit wegen der ganzen Mühe und Langeweile. Ich fürchte Frankie, mein Knusperhähnchen, Du wirst wohl für Deinen Freund einstehen müssen.'

‚Moment mal!'

In der Zwischenzeit hatte sich Pantalone in routiniert neapolitanischer Manier - gelernt ist gelernt - in den Besitz der Geldbörse des selbstlosen Akademikers gebracht.

‚Chefin, die kleine Ratte hat nur nen Fuffi bei sich.'

‚Schade für Dich Frankie-Boy, dann wirst Du wohl Deine Angeber-Uhr als Pfand dalassen müssen.'

‚Hey, das kannst Du nich mit mir machen!'

Maniakis witterte zum ersten Mal an diesem Abend richtige Morgenluft.

‚Darf ich die fette Wanze jetzt zertreten?'

Leicht zitternd schnallte sich der mutige BWL-Student seinen exklusiven Wecker ab.

‚Der Klügere gibt nach, auf Nimmerwiedersehen!'

Hastig griff der tapfere Studiosus nach seinem billigen Mantel.

‚Frankie-Boy, der bleibt auch hier!'

‚Aber das Dingen is doch nix wert und draußen isset kalt!'

‚Sei froh, dass ich Dir noch die Schuhe lasse. Giorgios könntest Du den Herrn nach draußen geleiten?'

‚Gut, gut. Ich geh ja schon.'

Zügig verließ der unglückliche Gast die Stätte seiner enttäuschten Hoffnungen. Arleccino nickt lächelnd.

‚So geht er dahin als Opfer, der betrogene Betrüger.'

Columbine lächelte liebevoll.

‚Arleccino, Du bist der wahre Künstler.'

Rachepläne ausheckend und ordentlich frierend näherte sich Brighella jener Stelle, in der vor Äonen das Taxi zur Hölle hielt. Dort, weinend am Bordstein sitzend, fand er den unglücklichen Freund.

‚Hey Olden, wat is?'

Der unglückliche Liebhaber spritzte auf, die Tränen vergessend.

‚Frank, Du. Warum hast Du mir denn nicht geholfen?'

‚Mensch Alter, ich hab für Dich gefighted. Ich hab der Schlampe gesacht, dat ich dat nich okay finde und dat Maniakis einen vor die Latte gegeben. Dann griff mich der hinterhältige Pantalone von hinten an und ich musste fliehen, ich schwör!`

‚Einen Freund wie Dich, findet man sehr selten auf dieser Welt!'

Dankbar strahlte der große Menschenkenner seinen besten Freund an.

‚Is wohl so! Aber Du solltest vielleicht `nen bisken `runterkommen. Am besten gibst Du mir Deinen Mantel, die frische Luft wird Dir guttun!'

‚*Hallo Freunde*, Zeit die Scharade zu beenden!'

Zur außerordentlichen Überraschung unserer beiden Helden war wie aus dem Nichts Ovidius Meyer in circa 20

Schritt Entfernung aufgetaucht und bewegte sich mit fließenden Bewegungen in ihre Richtung.

Brighella grinste innerlich, er würde jetzt dem Bekloppten zwecks Aggressionskompensationstherapie direkt eine gewaltige Ohrfeige geben. Eduard beschlich ein eigenartiges Gefühl der Unruhe, irgendetwas kam ihm an Meyer seltsam vor.

Mit einem schmierigen Grinsen im Gesicht versuchte Frankie seine Intention bei ausreichender Entfernung auszuführen. Nun trat eine Serie von Ereignissen ein, die Pagliaccio in einen Zustand der Handlungsunfähigkeit versetzte, die sich etwa mit der Starre zu Tode erschreckter Nager vergleichen ließ.

Mit einer eleganten Bewegung fing Ovidius Frankies Hand ab und zerquetschte sie mit nebensächlicher Leichtigkeit. Während seine Extremität zu Mus wurde, ging Brighella jammernd vor Schmerz und voller ungläubigem Erstaunen in die Knie , das die letzten Sekunden seines Lebens fortdauerte. Die Aura des Wesens, das sich seit zwei Monaten Ovidius Meyer nannte, leuchtete für 30 Sekunden -können aber auch 27,5 gewesen sein- auf. Ovidius betrachte gelangweilt den ebenso leblosen wie belanglosen Körper des illustren Akademikers.

‚Kleiner Intrigant! Nun zu Dir mein naiver Freund. Es ist fast schade um Dich, aber Du wirst ja das Gesetz des Dschungels kennen. Wenn es Dich tröstet: Seit Jahrhunderten nähre ich mich von euresgleichen. Es wird schnell gehen.'

Das war nicht zu viel versprochen! Pagliaccio starb einen schnellen, wenn auch schmerzhaften, jungfräulichen Tod.

‚Zeit den stupiden Nazi abzulegen. Nächste Woche gibt es griechische Spezialitäten!'

Ovid begann seine Metamorphose.

Die junge Dame, die eine frappierende Ähnlichkeit mit Columbine Justiniani aufwies, verließ fröhlich pfeifend den Ort der Handlung; die Melodie passte übrigens zu `Fool's End'.

Es gibt doch wohl nichts Besseres als ein gutes und reichhaltiges ‚Dinner in the Dark'.

Bullshit Bingo Part I

Das Ziel der vorliegenden Arbeit mit dem Titel ‚Die Wiege der Götter' ist es, die Kolonisierung des Atlantischen Kontinents durch menschenähnliche, göttergleiche Wesen aus dem Sternbild ‚Ursus Maior' zweifelsfrei in der frühen Kreidezeit nachzuweisen. Zu diesem Zweck unternahm der Autor zahlreiche Regressionen, die ihn abschließend zu seiner finalen Existenz als ‚Hohepriesterin des aufgebundenen Bären' führten. Als solche erlebte er zahlreiche Abenteuer und lernte auf unzähligen Studienreisen mit ‚Expedia Atlantis' große Teile ihres Kontinents und des Reiches von Muh-Mäh kennen. Ferner kämpfte sie erfolgreich gegen den teuflischen Wirtschaftswissenschaftler Dr. Moritati-Frankensteinchen. Des weiteren studierte der Autor intensiv Comic Verfilmungen mit mythologischem Inhalt, deren Parallelen zur selbst erlebten atlantischen Welt auf ferne Erinnerungen des kollektiven, kosmischen Gedächtnisses unwiderlegbar schließen lassen. Eine nachfolgende Interpretation der Chroniken von Narnia liefert entscheidende Beweise für eine Besiedlung durch die galaktische Herrenrasse und den Kampf gegen finstere Mächte. Ein ausschlaggebendes Element ist hierfür die Erkenntnis, dass der Löwe Arslan ein vom Aldebaran stammender, verkappter Nazi sein muss! Abschließend verkündet der Verfasser die als Hohepriesterin erlebte Vision von Atlàn aus Atlantic City, in der die Rückkehr der Götter im Jahre des güldenen Esheks nach atlantischer Zeitrechnung angekündigt wird; leider entzieht sich, bedingt durch die Komplexität desselben, der Kalender der Götter jeglichem menschlichem Verständnis.

Das Werk ist empfehlenswert für alle paranormalen Forscher und jene, die schon einmal in Atlantis ihr Unwesen trieben; ausgenommen natürlich Dr. Moritati-Frankensteinchen.

Story III: I have a dream

Alexander Parvus, seines Zeichens Bürger 4. Klasse, saß an einem kalten Januarmorgen meinetwegen des Jahres 35 nach der großen, demokratischen Wende in der altersschwachen S-Bahn, die ihn vom ‚Common Housing Area' zum ‚Low Tech Working Area' fuhr. Allen Nichtfreunden von Anglizismen sei hiermit versichert, dass ich in dieser unsagbaren Geschichte sparsam damit umgehen werde; I swear! Zufrieden mit sich und seiner kleinen Welt hing unser Mann seinen trivialen Gedanken nach. Eigentlich hatte er doch in seinem Leben alles erreicht! Nach seinem erfolgreichen Studium der ‚Experimental Indoctrinated Junk Science' und dem Abschluss als ‚Master of Elaborated Desaster' durfte er seine fünf freiwilligen sozialen Jahre für die oberstädtische Müllabfuhr in den Ressorts der 2. Klasse Bürger ableisten, um dann von der ‚Agentur für allgemeine Wohlfahrt' eine Arbeit als Softwaretester für einen lokalen Eierkochmaschinenhersteller zugewiesen zu bekommen. Dabei ging es vornehmlich darum, nach Testprozeduren, die Testmanager verfassten, möglichst dumme Bedienungsfehler der recht simplen und weitgehendst automatisierten Gerätschaften zu simulieren. ‚Auf den ersten Blick mag eure Aufgabe primitiv und unwichtig erscheinen,', so versicherte der Großraumbüroälteste während des letzten Teammeetings, ‚aber gerade die kleinen Lichtlein sind es, die die Demokratische Plutokratie in bunten Farben schillern lässt.' Eine Haltung, der sich unser unangepasster Held vorbehaltlos anschloss. Wie gerne wäre er doch Testmanager im Elfenbeinturm geworden! Aber ach, das war nur den Staatsbürgern 3. Klasse vorbehalten. Diese privilegierte Bevölkerungsgruppe bekam Mehrzimmerwohnungen in den Plattenbauten des ‚Gated Common Housing Areas‘ zugewiesen, wurde im Krankenhaus stationär in Fünfbettzimmern aufgenommen, durfte in Fahrgemeinschaften gebrauchte E-Autos verwenden. hatte sogar das passive Wahlrecht und erfreute sich noch vieler anderer grandioser Vorrechte. Früher war ein Aufstieg in solch exklusive Kreise mit überragendem Talent und einer exorbitanten ‚Demokratieabgabe‘ an die richtigen Kreise noch möglich, aber seitdem das ‚Gesetz für soziale Gerechtigkeit‘ von der Einheitsfront der demokratischen Parteien auf Empfehlung der amtierenden ‚Magna Mater‘ verabschiedet worden war, bewegte sich ein derartig schwindelerregender sozialer Aufstieg in den Dimensionen der Unmöglichkeit. Wie toll müsste es sein, wenn man Bürger erster Klasse wäre! Die haben echten Benziner mit Chauffeur und dürfen ohne Sondergenehmigung mit dem Flieger verreisen. Andererseits, es ist schon hart sich Tag und Nacht für die Demokratie so mächtig ins Zeug zu legen.

‚Das war wirklich gestern eine interessante Sendung im Staatsfunk: ‚Mit dem Lamborghini gegen Rechts und Links.‘

So tiefgründig ging es träumerisch durch den bescheidenen Denkapparat Alexanders des Beschränkten. Natürlich war dies eine unerfüllbare Phantasterei unseres Helden, da die entscheidende Voraussetzung für die

Zugehörigkeit zur plutokratischen Elite die genetische Abstammung von zwei Angehörigen derselben darstellte.

‚Aber‘, so memorierte das mündige Bürgerlein eine Weisheit aus seiner Studienzeit, ‚eine subordinäre Haltung ist erste demokratische Bürgerpflicht. Wer einmal hated gegen die Obrigkeit, fügt sich nimmer ins Gesetz!‘

Seit einiger Zeit und unendlichen kostenintensiven Forschungen fand die renommierte Hampelmann Stiftung auftragsgemäß heraus, dass Hasskriminalität eigentlich eine psychische Krankheit nach ICD-Catch 22 wäre, da nur sozial suizidal veranlagte Zeitgenossen vom jährlich veröffentlichten Kanon der erlaubten demokratischen Meinungsfreiheit rechts oder links abwichen. Auf Basis der dreiseitigen Studie beschloss dann die Legislative aus humanitären Gründen, überführte Hater nach Verbüßung ihrer Gefängnisstrafen lebenslang in dafür vorgesehene psychiatrische Einrichtungen zu internieren; von wegen staatlicher Fürsorgepflicht und so.

‚Toleranz, Gerechtigkeit, Einheit und Nachhaltigkeit‘, so lautete das Motto der Demokratischen Plutokratischen Republik, die die alte BRD nach den großen Unruhen, ablöste. In jener Zeit waren Polizei und Bundeswehr nicht mehr in der Lage, weite Teile des Bundesgebietes zu kontrollieren. Neben schweren politischen Fehlern, die nun der geneigte Leser je nach Weltanschauung selber herausfinden mag, verursachte die zweite computergestützte Industrielle Revolution mit ihren Millionen Arbeitslosen einen völligen Zusammenbruch der schon arg lädierten Sozialsysteme. Wie sich leicht nachvollziehen lassen dürfte, neigt ein voller Bauch wenig zur Revolte, aber die Mägen waren leer. Ohne Zweifel hätte dies für die herrschende, bundesdeutsche Elite üble Konsequenzen nach sich gezogen, wenn nicht Donald, der Dritte seines Namens und ‚Lordprotector' der Konföderierten Staaten von Amerika, entschieden eingeschritten wäre. Dessen Intentionen waren weniger in der Art, die ihm feindlich gesinnte Elite zu retten, als vornehmlich die amerikanische Machtposition in Europa aufrechtzuerhalten und die verbleibende Industriekapazität des zerrütteten Landes lukrativ zu nutzen. Zusammen mit dem französischen Präsidenten auf Lebenszeit, Joseph Fouché, wurde in Brüssel, der Hauptstadt der Union abhängiger Staaten, der gleichnamige Vertrag ausgehandelt. Das Staatsgebiet der ehemaligen BRD zerfiel in mehrere, voneinander unabhängige Gebiete. Da gab es einmal den amerikanischen Sektor, der hauptsächlich aus diversen Stützpunkten nebst Umland - vor allem der Airbase in Ramstein inklusive der umgebenden Region, die ungefähr der Hälfte des ehemaligen Bundeslandes Rheinland-Pfalz umfaßte - bestand. In ehrwürdiger Tradition ließ Donald, der Dritte seines Namens, die Sperrgebiete mit diversen Mauern hermetisch abriegeln. Ferner wurden in den weitgehend verwüsteten Gegenden des Landes sogenannte ‚Autonome Regionen' eingerichtet. Das heißt im Klartext einfach, dass man Land und Leute einfach sich selber überließ. Lokale Führer und Bandenchefs erhielten folgerichtig diverse ‚Wiederaufbauhilfen' von der DPR, die dazu beitrugen, die Sicherheitslage immens zu entspannen. Die Demokratisch Plutokratische Republik wiederum umfasste die Landstriche, deren technische Infrastruktur noch einigermaßen intakt war. Mit Unterstützung amerikanischer Truppen und den Streitkräften der Union wurde dann schließlich das beschriebene demokratische Friedensprojekt installiert. Ich könnte euch natürlich jetzt noch über Feinheiten wie ‚Freihandelsabkommen' oder sonstiges berichten, aber ich muss gestehen, dass ich euch eigentlich nur unterhalten will und mein Exkurs schon arg lang war. Falls ihr einen politischen Hintersinn seht, so ist das durchaus beabsichtigt, aber hütet euch vor Schubladen, gelle!

Während ich euch das Ohr abgelabert habe, erreichte unser braver Bürger den Ort seines Wirkens, einen Zentralbahnhof mit dem Charme eines Gefangenenlagers. Voller Vorfreude auf seine intellektuell äußerst herausfordernde Tätigkeit verließ Parvus leicht drängelnd die wohlgefüllte S-Bahn. Er befand sich nun im ‚Transition Area', das nur durch das Passieren mehrerer Kontrollstellen verlassen werden konnte. Der niedere Bürger hatte sein Bürgerphone zwecks Identitätsfeststellung, sicherheitsrelevanter Datenerfassung gemäß der ‚europäischen Richtlinie zum verbesserten Datenschutz' und Abbuchung der Mobilitätszusatzgebühr dem Vollzugsbeamten vorzulegen. In der Regel verlief der Vorgang problemlos, falls dies jedoch nicht der Fall sein sollte, standen freundliche Aktivisten der ‚Deeskalierenden Staffeln Demokratischer Sicherheit' -kurz DSDS- des Commodore Dragomir Bolle bereit. Routiniert reihte sich nun Alexander Parvus in die für ihn vorgesehene Schlange -Buchstaben O und P- ein. Nach einer ungewöhnlich kurzen Wartezeit von nur 65 Minuten war denn auch seine Zeit gekommen. Lächelnd und mit einem fröhlichen Gruß auf den Lippen, so wie es im kleinenbürgerlichen Katechismus der demokratischen Haltung geschrieben stand, überreichte unser Softwaretester sein Plastikteil – die Phones in Silber- und Golddesign blieben nur den beiden höchsten Klassen der demokratischen Gesellschaft vorbehalten - einem desinteressiert blickenden Uniformierten, der wortlos das Gerät per USB mit seinem Kontrollterminal verband. Überrascht und mit einem hämischen Grinsen registrierte der Vollzugsbeamte den Viertklässler zum ersten Mal bewusst. Dann besann sich unser Kontrolleur und verfuhr nach der vorgeschriebenen Standartprozedur.

‚Kleinbürger, begeben Sie sich bitte für eine Routinekontrolle in den dafür vorgesehenen Wartebereich. Ihr Bürgerphone wird zu einem späteren Zeitpunkt den Sicherheitskräften übergeben. Vielen Dank für Ihre Kooperation.‘

Als gehorsamer Bürger mit Haltung begab sich Alexander in die sich kurz hinter den Kontrollstellen befindliche, völlig leere und verdreckte Sicherheitszone. Leicht verwirrt und fieberhaft suchte sein viertbürgerlicher Geist nach möglichen Regelverletzungen, die das Interesse seiner Obrigkeit hätte erwecken können. Vielleicht war das die Konsequenz daraus, dass er vor drei Monaten eine Bemerkung seines Testmanagers aus Unachtsamkeit überhörte? Aber dieses unerhörte Verhalten wurde im üblichen Rahmen unmittelbar mit einer Ohrfeige und 120 Liegestützen geahndet; denn merke: Kleine Sünden bestraft der Herr sofort. Dann überlief es ihn eiskalt, hatte er nicht betrunken vor zehn Jahren als Studiosus eine halbe Zigarette, die er während einer Party von einem sich in Geberlaune befindlichen Elitestudenten der 2. Klasse geschenkt bekam, geraucht? Ein schweres Verbrechen gegen das Betäubungsmittelgesetz, das nicht unter fünf Jahren Zuchthaus geahndet wurde, da nikotinhaltige Rauschmittel nur den oberen beiden Bürgerklassen erlaubt waren. Aber nein, im Falle einer solchen Straftat hätte ein Sondereinsatzkommando sein bescheidenes Souterrainzimmerchen während seiner knapp bemessenen Freizeit gestürmt. Schließlich kannte er derartiges aus den Reality Soaps des demokratischen Staatsfunks. Nach einer guten halben Stunde ratlosen Wartens erschienen zwei schwarzgewandete Angehörige des DSDS. Der Ältere von beiden, seines Zeichens Hauptoberkorporal, betrachtete den einsam wartenden Viertklässler gleichmütig.

‚Kleinbürger Parvus?'

‚Kleinbürger Alexander Parvus, Sozialversicherung 123456789-0, Bürger 4. Klasse, Work-Live-Balance-Status: Expandable. Zu Ihren Diensten, meine Herren!' Antwortete Alexander gehorsamst gemäß dem kleinbürgerlichen Katechismus.

‚Hinsichtlich einer Routinekontrolle eskortieren wir Sie nun zum für Sie zuständigen Amtsgericht. Zu Ihrer Sicherheit möchten wir Sie bitten, diese rote Plakette an Ihrem Anzug zu befestigen und Ihre Arme zwecks anlegen von Handfesseln vorzustrecken. Im Falle einer undemokratischen Verweigerungshaltung sind wir im Rahmen der Direktive 1933 der Magna Mater befugt, äußerste physische Gewalt anzuwenden. Vielen Dank für Ihre Kooperation!'

Zur sichtbaren Enttäuschung der freundlichen Ordnungskräfte tat Parvus wie ihm befohlen und ließ sich widerstandslos zum schwer gepanzerten DSDS-Fahrzeug eskortieren, in dessen Gefangenenbereich er dann auch recht unsanft bugsiert wurde. Zu seinem Erstaunen befand als weiterer ‚Fahrgast' sein Chef und Testmanager Adalbert Regressio, gekleidet mit silbern etikettiertem Tweet, in der spartanisch ausgestatteten Kabine. Ehrfurchtsvoll betrachte Alexander den schlecht geschneiderten Maßanzug seines Chefs. Als Bürger 4. Klasse war es dem tapferen Testerlein nur erlaubt, einfache und graufarbige Konfektionsware zu tragen.

‚Guten Morgen Herr Regressio, zu Ihren Diensten!'

‚Spinnen Sie Parvus? Ist Ihnen eigentlich klar, was hier gerade passiert? Dieser Morgen ist alles, aber bestimmt nicht gut!'

‚Sehr geehrter Herr Vorgesetzter, wenn mir eine Bemerkung erlaubt sein dürfte?'

‚Reden Sie Parvus!'

Unser Kleinbürger blickte seinen Herrn verschwörerisch an.

‚Mein Chef, die Herren vom DSDS haben mir verraten, dass dies hier nur eine Routinekontrolle ist. Also keine Sorge Herr Testmanager!'

‚Die hellste Birne im Kronleuchter waren Sie ja noch nie Parvus. Ich wurde gezielt vor meiner Wohnungstür verhaftet und jetzt kommen Sie mir nicht mit

Missverständnis. Am besten Sie halten jetzt den Mund und sammeln sich für das Bevorstehende!'

Tief enttäuscht von seinem Vorgesetzten, denn Pessimismus war nach kleinbürgerlichem Katechismus zutiefst undemokratisch, schwieg Alexander wie ihm geheißen.

Nachdem sich das Fahrzeug noch mit einigen Parvus unbekannten Blau- und Rotettiketierten gefüllt hatte, ertönte der Lautsprecher im Inneren des Gefangenentransporters:

‚Bürger und Kleinbürger. Sie werden nun zu Ihrem für Sie zuständigen Amtsgericht verbracht. Wir möchten Sie bitten, während der Fahrt und bis zur Urteilsfindung durch den für Sie zuständigen AI-Richter zu schweigen. Im Falle einer antidemokratischen Verweigerungshaltung sind wir berechtigt, gemäß der Direktive gegen unnötige Polizeigewalt äußerste physische Sanktionen auszuüben. Diese können beispielsweise darin bestehen, den Schutzhaftbereich des Gefangenentransporter mit Betäubungsgas zu fluten oder Sie während des Prozesses mittels eines Schlagstockes zu sedieren. Vielen Dank für Ihre Kooperation.'

In seiner Verwirrung vermochte der Viertklässler keinen vernünftigen Gedanken zu fassen, bis er sich nach circa einer dreiviertel Stunde im Sammelgerichtssaal für niedere Bürgerklassen befand. Dieser Tempel der Justitia besaß eine gewisse Ähnlichkeit mit einer recht heruntergekommenen Turnhalle einer bedürftigen Schule. Einem hohen Podest gegenüber, das mit einem Lautsprechersystem und einer recht schlecht gefertigten

Puppe im schwarzen Talar ausgestattet war, befand sich eine Art Pferch, in dem sich die Delinquenten drängelten. Obwohl, wir ihr vermutlich schon geschnallt habt, die Bevölkerung im besten Untertanengeist abgerichtet war, bewachten schwerbewaffnete Aktivisten des DSDS, kommandiert von einem Unterleutnant 5. Grades, das menschliche Vieh. Aus den Lautsprechern ertönte eine blecherne Stimme:

‚Bürger der dritten und vierten Ordnung, es spricht die für Sie nach der reformierten Zivilprozessordnung zuständige künstliche Intelligenz: AI-J.U.D.G.E-D.R.E.A.D-08-15.

Gemäß der Demokratisch Plutokratischen Grundordnung verlese ich nun die weisen Gerechtigkeitsregeln der Magna Mater:

- Bürgerinnen und Bürger der ersten Ordnung sollen in Ihren sphärischen Kreisen des öffentlichen Wohls nicht mit trivialen Gerichtsverfahren belästigt werden. Sie sind durch handverlesene Ersatzmänner aus der übrigen Bürgerschaft zu ersetzen. Eine potentielle Bestrafung wird an den ausgewählten Freiwilligen vollzogen.

- Bürgerinnen der Kategorien zwei bis vier und Bürger der zweiten Ordnung haben das Recht auf Verteidigung. Sie sollen einem humanoiden Gericht - bestehend aus Richter und Staatsanwalt - vorgeführt werden.

- Bürger der dritten und vierten Ordnung werden aus Gründen geschlechtlicher Gleichberechtigung von eigens für sie konzipierten künstlichen Intelligenzen abgeurteilt.

Im Namen des Volkes ergeht für die anwesenden Bürger dritten und vierten Grades folgendes Urteil: Aufgrund der Meldung Ihres Arbeitgebers, dass die von Ihnen besetzten Arbeitsplätze nicht mehr benötigt werden, verlieren Sie gemäß §218, Absatz 567 des ‚Gesetzes zur Sozialverträglichkeit des Arbeits- und Kündigungsschutzes‘ Ihre bisherigen Bürgerrechte sowie sämtliche bewegliche und unbeweglich Vermögenswerte.

Im Namen des Volkes ergeht für anwesende Bürger der dritten Ordnung folgendes Urteil:

Gemäß §294, Absatz 567 des ‚Gesetztes zur Festigung der sozialen Gerechtigkeit‘ erhalten Sie den Status eines ‚einfachen Bürgers‘ mit Hartz VII-Lizenz zur Grundversorgung durch staatliche Suppenküchen. Ihr sozialer Status wird von ‚almost hardly expandable‘ auf ‚lumpenproletariat‘ korrigiert. Error162. Verlassen Sie jetzt das hohe Gericht durch den für Sie vorgesehenen Ausgang zur weiteren Verarbeitung. Vielen Dank für Ihre Kooperation.‘

‚Danke Eure Gnaden für das gerechte Urteil.‘

Erklang es einmütig, so wie im kleinen Katechismus vorgesehen, aus dem Anklagepferch.

‚Die mit den silbernen Plaketten jetzt da entlang.‘

Gelangweilt deutete der Unterleutnant mit seiner Reitpeitsche auf den Ausgang, der mit einer großen, römischen Eins gekennzeichnet war. Die wenigen Silberlinge waren dann auch schnell verschwunden.

Im Namen des Volkes ergeht für anwesende Bürger vierten Ordnung, die in einer staatlich sanktionierten Partnerschaft im Sinne der Richtlinie 2678 leben, folgendes Urteil:

Gemäß §51, Absatz 33 des ‚Gesetzes zur geschlechterneutralen Familienförderung' erhalten Sie den Status eines einfachen Bürgers mit limitierten Existenzberechtigung und die Auflage eines nicht zeitlich unbegrenzten freiwilligen sozialen Dienst auf den Gütern der Bürger der Klasse 1; ein sozialer Status ist für Sie nicht vorgesehen. Verlassen Sie jetzt das hohe Gericht durch den für Sie vorgesehenen Ausgang zur weiteren Verarbeitung. Vielen Dank für Ihre Kooperation.'

‚Danke Eure Gnaden für das gerechte Urteil.'

‚Die Blauen, Ausgang drei, jetzt ab.'

Dieses Mal dauerte es einige Zeit länger, bis die Anweisung des Unterleutnants ausgeführt wurde. Der völlig konfuse Parvus war jetzt nur noch von seinen roten Genossen umgeben.

Im Namen des Volkes ergeht für anwesende Bürger vierten Ordnung, die nicht in einer staatlich sanktionierten Partnerschaft im Sinne der Richtlinie 2678 leben folgendes Urteil:

Aufgrund §666, Absatz999 des ‚Paktes zur sozialen und gerechten Steuerung von Migration' werden Sie in Ihr sicheres Herkunftsland abgeschoben, dieses wird aus dem nachfolgenden Pool autonomer Gebiete per Zufallsprinzip ermittelt:

1. Die Vereinigten Emirate von Almanya. Akkreditierte Bürgervertreter: Iman-al-Iman Hayreddin Barbarossa und Emir Ali der Abtrünnige alias Harry Hirsch.

2. Obersächsiche Alternative Deutscher Volksgenossen. Akkreditierter Bürgervertreter:

Vater-des-Vaterlandes Heino Schickelgruber von der schwarzen Legion.

3. Niederbayrischer Kirchensprengel der Heiligen der letzten Stunden. Akkreditierter Bürgervertreter: Seine Heiligkeit Prophet Angelo Torquemada.

4. Volksrepublik Bremerhaven. Akkreditierter Bürgervertreter: Generalsekretär Genrich Jagoda.

5. Protektorat Essen-Steele. Akkreditierter Bürgervertreter: General Porfirio Diaz von den ‚Bandolero Angels'.

6. Königssteiner Föderation. Akkreditierter Bürgervertreter: Autokrator Stenka Rasin von der Koza Nostra Rus.

Ihr summarisches Urteil wird aus humanitären Gründen und zur moralischen Vorbereitung auf das freudige Ereignis nach fünf Minuten verkündet: 4:59, 4:58 ....'

Allmählich realisierte unser gefallener petit bourgeoise seine missliche Lage. Trotzdem, das konnte nur ein Missverständnis sein! Versprach nicht gestern der Bereichsleiter Hermann Stinnes, ein wohlproportionierter Zweitklässer im edlen Maßanzug, fröhlich lachend der gesamten Abteilung eine wundervolle Überraschung anlässlich der von den Mitarbeitern finanzierten Feier zur Beendigung des aktuellen Projekts. Am besten, er verfuhr nach den Haltungsnormen des kleinen Katechismus und ließ alles seinen Gang gehen. Vermutlich würde sich bald alles aufklären, denn die Obrigkeit irrte sich, so wie es geschrieben stand, nie.

‚Herzlichen Glückwunsch ehemalige Kleinbürger. Sie werden in die ‚Obersächsische Alternative Deutscher

Volksgenossen' abgeschoben. Wir wünschen Ihnen eine gute Reise in Ihre Heimat und freuen uns mit Ihnen. Verlassen Sie jetzt das hohe Gericht durch den für Sie vorgesehenen Ausgang zur weiteren Verarbeitung. Vielen Dank für Ihre Kooperation.'

‚Danke Eure Gnaden für das gerechte Urteil.'

Was denkt ihr auf welchen Ausgang nun unser freundlicher Unterleutnant wortlos deutete? Bingo: Die Nummero zwei! Damit habt ihr euch schon fast televisionsmäßig für hochdotierte Quizshows qualifiziert. Vielen Dank für eure Kooperation! Am Rande möchte ich bemerken, dass ich natürlich auch gerne Islamistische Blutsäufer, fundamentalistische Hexenjäger, Mao/Stalinisten und sonstige schlimme Finger im Folgenden durch den Wolf gedreht hätte, aber das Schicksal entschied sich eben für die faschistischen Volksgenossen; es kann nur einen geben! Es liegt wohl in der Natur der Dinge, dass manche Arten von Misanthropen auch das bekommen, was sie letztendlich verdienen; natürlich werden andere nicht einmal als solche erkannt.

Aber zurück zu unserer herzerwärmenden Geschichte über die Abenteuer des braven Kleinbürgers Parvus. Im Gegensatz zu den sonstigen Abläufen in der DPR wurde Alexander der Glücklose mit unbürokratischer Schnelligkeit in einen Zug mit luxuriösen Viehwagons verfrachtet. Rasch landeten dann auch er und seine Schicksalsgenossen im großen, an der Grenze konzentrierten, Internierungslager ‚Neue Heimat' der Volksgenossen. Dort wurden die unglücklichen Reisenden von Mitgliedern der schwarzen Legion und ihren weißen Schäferhunden in Empfang genommen. Es hieß von den getreuen Tieren, dass manche der Vierbeiner ihren Herrchen durchaus intellektuell ebenbürtig, wenn nicht überlegen waren. Mit der beißfreudigen Unterstützung der gelehrigen Tiere und dem großzügigen Einsatz von Gummiknüppeln verteilten die aufmerksamen Ordnungshüter ihre Schützlinge in die einzelnen, Gefängnishof ähnlichen Wartebereiche. Von dort ging es für unseren gebeutelten Helden nach einigen Stunden Wartezeit in ein kleines Zimmerchen, in dem ein braun uniformierter Beamter des Völkischen Amtes für Migrationsverhinderung und ein mit seinem Dienstrevolver spielender Angehöriger der schwarzen Legion hinter einem wuchtigen, eisernen Schreibtisch saßen.

‚Migrant, drei Schritte vor! Wir führen hier eine erste Untersuchung durch, ob Du als aufrichtiger Volksgenosse oder Wirtschaftsflüchtling wagst, in unsere großartige Gemeinschaft einzudringen. Unsere Identitäten sind geheime Kommandosache, deshalb wirst Du mich mit 'Volksgenosse Chef ' und den Legionär mit 'Herr Offizier' anreden. Untersturmwachtmeister Müller würden Sie bitte aufhören, mit Ihrer Dienstwaffe zu spielen, das macht mich nervös!'

‚Subinspektor Heimlich, die Waffe ist nicht geladen! Das gehört jetzt zur psychologischen Migrantenbetreuung; neue Anweisung von oben.'

‚Meinetwegen! Wo war ich stehen geblieben, ach ja. Wir stellen in mehreren Befragungen fest, ob Dir erlaubt sein wird, einen Antrag auf ein Antragsformular zur vorläufigen Duldung als Volksgenosse stellen zu dürfen. Nach einem positiven Duldungsbescheid und bei guter Führung wirst Du nach fünf Jahren dem Volksgemeinschaftsarbeitsdienst für 20 Jahre überstellt. Danach bekommst Du Deine unbefristete Volksgenossenurkunde, darfst Dir eine bezahlte Arbeit suchen und einen deutschen Schäferhund halten. Solange Dein Ausweisungsverfahren, äh, ich meine natürlich Immigrationsverfahren läuft, bewohnst Du eine Gemeinschaftsbaracke im Internierungslager und wirst in den persönlichen Fabriken des Vaters-des-Vaterlandes, unseres herrlichen Anführers Heino Schickelgruber, für Kost inclusive Logis arbeiten; die Ruhepause zwischen zwei Zyklen in den Fabriken beträgt acht Stunden. Bei Erlangung der vorläufigen Duldung erhöht sich die Ruhepause als Gratifikation auf insgesamt neun Stunden. Nach Ablauf der Duldung erfolgt entweder die Ausweisung ins ehemalige Freiluftendlager für Atommüll in Witzleben oder eine Überstellung an die Außenlager des Volksgemeinschaftarbeitsdienstes. Hast Du das verstanden Migrant?'

‚Jawohl, Volksgenosse Chef!'

‚Ich und der Herr Offizier werden Dir jetzt einige Fragen stellen, die Du schnell und präzise zu beantworten hast. Am Ende der Sitzung erfährst Du, ob wir Dich sofort nach Witzleben abschieben oder Dir die außerordentliche Gunst gewährt wird, im Internierungslager zu residieren.'

Subinspektor Heimlich öffnete eine voluminöse Umlaufmappe und begann seine peinliche Befragung.

‚Name und Beschäftigung in der DPR!'

‚Kleinbürger Alexander Parvus, Sozialversicherung 123456789-0, Bürger 4. Klasse, Work-Live-Balance-Status: Expandable. Zu Ihren Diensten, Volksgenosse Chef!'

Allmählich wurde es dem unfreiwilligen Emigranten leichter ums Herz, so unterschiedlich zur DPR ging es bei den teutonischen Volksgenossen nicht zu.

‚Migrant, ich habe nach Deiner ehemaligen Arbeit gefragt. Noch so eine freche Antwort und es geht ab nach Witzleben!'

Mit serviler Stimme beeilte sich unser tapferer Kleinbürger seinen Inquisitor zufriedenzustellen.

‚Verzeihen Sie vielmals, sehr geehrter Volksgenosse Chef. Softwaretester für Eierkochvollautomaten!'

‚Der weiß, wie man mit seinen Herren redet. Wenn der kein Eindringling wäre, könnte man ihn glatt als Latrinenbursche für die Schwarzhundertschaften zwangsrekrutieren!'

Alexander fühlte sich geschmeichelt.

‚Vielen, herzlichen Dank Herr Offizier!'

‚Untersturmwachtmeister Müller, darf ich fragen, warum Sie jetzt vom Protokoll abweichen und den Migranten zu weiteren Frechheiten animieren?'

‚Psychologie! In Handbuch für den treudeutschen Legionär steht, dass dies die Arbeitsfreude steigert!'

‚Würden Sie sich bitte auf Ihre vorgeschriebene Rolle beschränken. Wo waren wir, ach ja. Bist Du und Deine Vorfahren bis ins dritte Glied von original Biodeutscheuer Abstammung mit Gütesiegel?'

‚Jawohl, Volksgenosse Chef!'

‚Tatsächlich? Trägst Du oder einer Deiner Verwandten Kopftücher?'

‚Kopftücher? Ich verstehe die Frage nicht sehr geehrter Volksgenosse Chef.'

‚So eine Frechheit, eigentlich sollte ich jetzt Schluss mit Dir machen und Dich den Schäferhunden vorwerfen! Aber ich will noch einmal Gnade vor Recht ergehen lassen; ich bin manchmal zu gut für diese Welt. Du hast hier mit ‚Jawohl, Volksgenosse Chef', ‚Nein, Volksgenosse Chef' oder ‚Ich bekenne mich schuldig, Volksgenosse Chef' zu antworten Migrant.'

‚Nein Volksgenosse Chef.'

Lauernd betrachtete der zuvorkommende Beamte seinen Kunden.

‚Bist Du oder einer Deiner Verwandten mosaischen oder gar muslimischen Glaubens?'

‚Nein Volksgenosse Chef.'

Misstrauisch begutachtete der Migrationsverhinderer den auskunftsfreudigen Parvus.

‚Das werden wir noch prüfen!'

Überraschend spannte der bisher untätige Müller seinen Revolver und richtete den auf unseren entsetzten Kleinbürger.

‚Nein, bitte nicht, Herr Offizier.'

‚Müller, was soll denn das schon wieder?'

Der Untersturmwachtmeister drückte ab und mit einem leichten Klick schlug der Revolverhahn in eine leere Kammer.

‚Müller sind Sie verrückt geworden, das gibt ein Disziplinarverfahren! Wenn Sie wenigstens geschossen hätten, gäbe es mildernde Umstände!'

‚Beruhigen Sie sich Subinspektor. Ein kleiner Scherz zur Auflockerung, das gehört jetzt offiziell zur psychologischen Migrantenbetreuung.'

Generös blickte der große Psychologe den äußerst erleichterten wirkenden Parvus an.

‚Beim nächsten Mal sei es Dir gestattet, vorschriftsmäßig zu lachen, Migrant!'

‚Vielen Dank großer Herr Offizier!'

‚Können wir jetzt fortfahren Müller. Gut Migrant, isst Du oder einer Deiner Verwandten undeutsche, fremdländische Gerichte wie etwa Kebab, Lasagne, Pizza, Knoblauchwurst oder Fischfrikadellen?'

‚Nein Volksgenosse Chef.'

‚Gut Migrant, das wars fürs Erste. Obwohl ich wegen Deiner aufmüpfigen Art Bedenken habe, will ich Dir doch eine Chance geben. Die Zweite der folgenden zehn Sitzungen findet frühestens in sechs Monaten statt, damit Du Zeit hast, Dich im Lager einzugewöhnen. Untersturmwachtmeister Müller, noch Fragen an den Migranten?'

Statt eine Frage zu stellen, gedachte Müller seinen gelungenen Scherz zu wiederholen. Als die Waffe auf Alexander den Glücklichen zeigte, lachte der befehlsgemäß. Zum außerordentlichen Erstaunen der Prüfungskommission entlud sich der Revolver mit einem lauten Knall und tötete Parvus auf der Stelle.

‚Ooops, war ich das etwa? Da war wohl noch eine Patrone drin.'

Unangenehm berührt erwachte Alexander Parvus, Beamter des Bundesamtes für Migration und Flüchtlinge, aus seinem Alptraum, den er schon fast bereits wieder vergessen hatte. Mit einem Seufzer drehte er sich auf die andere Seite und schlief weiter den Schlaf des vermeintlich Gerechten.

Bullshit Bingo Part II

Die ‚Wahrhaftige Geschichte der Entdeckung Amerikas'
ist ein voluminöses Werk des ostfriesischen
Heimatforschers und Wünschelrutengängers Hein
Heinarson, in dem die Besiedlung Mittelamerikas zur
christlichen Zeitenwende durch ostfriesische Stämme
bewiesen werden soll. Als Grundlage seiner Forschungen
verwendet der Autor ein verlorenes Buch des großen,
römischen Naturforschers Plinius, das ihm durch
Channeling mit der Geisterwelt von diesem in
plattdeutscher Sprache persönlich diktiert worden ist. So
unternahm Frisius Superbus, der Stammvater aller
Ostfriesen, mit seinem Floß eine Reise, die ihn eigentlich
durch Skagerrak und Ostsee ins heutige Baltikum führen
sollte. Durch einen kleineren Navigationsfehler landete
der kundige Seefahrer im heutigen Mexiko, das er
zunächst für die westfriesischen Inseln hielt. Nach
eingehenden Studien der Eingeborenen, denen er viele
kulturelle Errungenschaften wie beispielsweise das
Fischstäbchen bescherte, kam der erfahrene Seebär zu der
irrigen Erkenntnis, in Irland gelandet zu sein. Nach einem
tränenreichen Abschied machte sich der große Ostfriese an
die Heimreise und erreichte nach einer wahrhaftigen
Odyssee, die ihn u.a. ‚Kap Hoorn' und das ‚Kap der guten
Hoffnung' entdecken ließ, auch sein Ziel. Dort initiierte
Frisius eine von ihm geleitete Auswanderungswelle mit
dem klügsten Teil der einheimischen Bevölkerung und
landete am 1.April im Jahre des Herrn 33, nachdem seine
Flotte von Hochseeflößen Grönland und die Küste

Nordamerikas passierte, in der Nähe von Vera Cruz. Dort vermischten sich die Emigranten mit den Autochthonen und erschufen die erste Hochkultur Mesoamerikas. Als weiterer Beweis für seine Theorie weist Heinarson darauf hin, dass die Wikinger und Columbus mit Hilfe geheimer, ostfriesischer Karten den Amerikanischen Kontinent erreicht haben könnten, wobei zumindest Letzterer diese gründlich missinterpretierte, da der Genuese zeitlebens glaubte, den Seeweg nach Indien gefunden zu haben. Als Schlussstein seiner unwiderlegbaren Beweiskette verweist der Autor auf die zahlreichen Ähnlichkeiten zwischen den Hinterlassenschaften mesoamerikanischer Kulturvölker und denen des ostfriesischen Kulturkreises. So könnten die gigantischen Steinköpfe der Olmeken den listigen, friesischen Wassergott ‚Fischers Fritze‘ darstellen. Als besonders schlagenden Beleg verweist der Autor auf die verblüffende Übereinstimmung ostfriesischer Teekannen aus dem 16. Jahrhundert mit der Form von altamerikanischen Stufenpyramiden. Im abschließenden Ausblick schildert der Autor die Bemühungen des Vereins ‚der Söhne des Frisius‘, die Heinarson als Kassenwart und Vorsitzender unterstützt, eine moderne, ostfriesische Kolonie in Mexiko zu errichten. Das löbliche Unterfangen scheiterte aber bisher daran, dass Plinius, der alte Klaubock, sich mit der wohlgefüllten Kasse der Söhne in die Geisterwelt absetzte; so fand es jedenfalls unser Autor heraus.

Story IV: Im Namen des Volkes

Der Prozess vor dem Landgericht Lautere begann fünf Minuten nachdem Matadore und Publikum in die bescheidene Arena der bekanntlich blinden Justitia einzogen. Zum besseren Verständnis für diejenigen von uns, die bisher noch nicht in den Genuss gekommen sind, in den hehren Hallen der Gerechtigkeit verweilen zu dürfen, sei erwähnt, dass diese im Allgemeinen und unser Ort der Handlung im Speziellen eher einem spartanisch eingerichteten Klassenzimmer glichen, als den ebenso wohl ausgestalten wie auch im gediegenen Design entworfenen Räumen, die man landläufig aus äußerst realistischen Gerichtsshows oder reißerischen, cineastischen Machwerken so kennt. Gleich hinter dem Eingang des Gerichtssaals befanden sich circa 20 unbequeme Stühle in zwei Reihen für potentielle Zuschauer des Schauspiels. Auf der linken und rechten Seite des Raumes gammelten jeweils drei einfache Bürotische vor sich hin, deren - vom Publikum aus gesehen - jeweils äußerster für die Kontrahenten und deren Anwälte reserviert waren. Der Richter wiederum residierte mittig, die streitenden Parteien sowie die Zuschauer fest im Blick, wobei auch hier die Einrichtung die Würde des Gerichts nicht gerade unterstrich. Kurz gesagt: Das Ambiente vermittelte eine absolut stimmige Impression vergleichbar einer sehr kostengünstigen, treudeutschen Leberwurst. Wie es nun seine zuvorkommende Art war, betrat Richter Wyschinski - Freisler mit einem - angesichts der sich erhebenden Anwesenden - zufriedenen Lächeln, das eine gewisse Ähnlichkeit mit dem Gesichtsausdruck Napoleon Bonapartes nach seinem Sieg bei Austerlitz besaß, gemessenen Schrittes den voll besetzten Tempel der Gerechtigkeit und setzte sich würdevoll an seine bescheidene Wirkungsstätte. Als es nun Kombattanten und Publikum dem bescheidenen Rechtswahrer gleichtaten, eröffnete Wyschinski – Freisler das Verfahren.

‚Ich möchte die streitenden Parteien und Zuschauer ermahnen, sich wieder zu erheben.'

Überrascht taten die Gemaßregelten wie geheißen. Der Angeklagte - ein recht schmächtiger Herr mittleren Alters - benutzte aufgrund seiner zahlreichen Blessuren, von denen die augenfälligste ein eingegipstes Bein darstellte, Gehhilfen und tat sich daher mit dem Aufstehen etwas schwer, während sich sein Verteidiger beeilte, die Anweisung zu befolgen.

‚Angeklagter, das muss schneller gehen. Eine solche Haltung wird Ihnen hier nicht weiterhelfen!'

Nach circa fünfminütigem Schweigen setzte das hohe Gericht die Partie fort.

‚Sie dürfen sich nun setzen, aber diesmal zackig bitte.'

Wieder hatte der gehbehinderte Unruhestifter gewisse Schwierigkeiten, der Forderung mit der gewünschten Schnelligkeit nachzukommen.

‚Angeklagter, Sie müssen dringend an Ihrer provokativen Attitüde arbeiten und stöhnen Sie hier nicht so herum. Wir sind hier nicht in der Negerschule!'

Der so Ermahnte hob zu einer schüchternen Einwendung an, wurde aber von seinem Verteidiger mit Hilfe eines dezenten Rippenstoßes zum Schweigen gebracht.

Umständlich kramte nun der gestrenge Gerichtsherr einen wohl gefüllten Aktenordner aus dem mitgebrachten krokodilledernem Pilotenkoffer und schlug diese mit gerunzelter Stirn auf.

‚Beginnen wir also. Die Kontrahenten sollten zur Kenntnis nehmen, dass ich mich auf diesen Fall sehr intensiv vorbereitet habe. Weiterhin gedenke ich das Verfahren hart, aber gerecht zu führen. Kläger ist Herr Timur Lenk Tamerlan, wohnhaft in Lautere-Neukullm, vertreten durch Herrn Rechtanwalt Josef Carpet – Bagger.'

Ein wohlwollendes Zwinkern traf gönnerhaft den Kläger, einem sehr athletisch gebauten, jungen Mann ohne körperlichen Fehl und Tadel.

‚Beklagter ist Desmond Lumumba, ebenfalls wohnhaft in Lautere, vertreten durch Herrn Rechtsanwalt Sir Archibald Skrotum.'

Falls daran der Leser daran zweifeln sollte, dass der Blick der Gorgo Medusa Menschen zu Stein erstarren ließ, wäre er durch selbigen, den der Richter nun dem unglücklichen Lumumba zuwarf, eines Besseren belehrt worden.

‚Hmm, worum geht's, ach ja! Aktenzeichen XY-ungelöst. Dem Beklagten wird zur Last gelegt, am 30. Februar dieses Jahres den Kläger durch einen tätlichen Angriff gravierend psychisch und physisch geschädigt zu haben. Aus den damit verbundenen körperlichen Einschränkungen sind Schadensersatzansprüche von insgesamt 7853 Euro entstanden. Wir verhandeln den Fall jetzt in der ersten Instanz, wo sind die Zeugen!'

Mit Feldherrnblick gingen die stahlblauen Augen des Gerichtsherrn auf die Suche nach denselben.

‚Herr Vorsitzender, wenn ich Sie unterbrechen dürfte?'

‚Herr Carpet – Bagger reden Sie!'

‚Danke! Der Streitwert beträgt 78530 Euro und wir sind hier in der Güteverhandlung. Da werden noch keine Zeugen geladen.'

‚Guter Punkt! Wie ich bereits erwähnte, habe ich mich ausführlich mit den humanitären und juristischen Aspekten dieses Falles auseinandergesetzt und möchte daher den Tathergang nicht wiederholen. Mein Vorschlag in der Sache sind 78000 Euro Schadensersatz und eine persönliche Entschuldigung. Da gibt es die schöne Tradition der Proskynese oder alternativ dazu den Kotau. Herr Carpet - Bagger ist das so akzeptabel für Sie?'

‚Nicht wirklich, Herr Vorsitzender! Mein Mandant hatte schon gravierende Schmerzen…'

‚Dat geht scho okay Anwalt. Dat Richter weeß, wat Respekt is.'

Mit einer wegwerfenden Bewegung in Richtung des Angeklagten lächelte Timur seinen Richter verschwörerisch an.

‚In Ihrem eigenen Interesse Angeklagter schlage ich vor, dass Sie uns ein weiteres Verfahren und dem Kläger seelische Pein ersparen. Sie sollten mein großzügiges Angebot annehmen, denn die volle Härte des Rechtsstaates kann in Ihrem Fall sehr schmerzen. Herr Skrotum, Sie haben das Wort.'

‚Der Vergleich erscheint mir akzeptabel und fair, deshalb…'

Bevor der engagierte Verteidiger seinen Satz vollenden konnte, rüttelte sein neben

Ihm sitzender Schützling ihn leicht an der Schulter und flüsterte eindringlich auf ihn ein.

‚Zu meinem größten Bedauern verweigert mein Mandant die Annahme dieses vernünftigen Kompromisses und lehnt die Forderungen des Geschädigten kategorisch ab.'

Bedauernd schüttelte Wyschinski – Freisler sein weises Haupt.

‚Manchen Menschen ist nicht bewusst, wie sehr sie sich vergehen! Sie haben es ja so gewollt Angeklagter. Herr Tamerlan, schildern Sie bitte in Ihren eigenen Worten den Tathergang!'

Mit selbstbewusstem Lächeln machte es sich das Opfer auf seinem Stuhl gemütlich.

‚Dat war so: Ich, Genghis, Ögödei und Batu Khan gingen an nem Abend gerad mal so durche Gegend. Hey Jungs, alles senkrecht?'

Die drei treuen Gefährten in der vordersten Reihe der Zuschauerränge johlten lautstark, während Familie und sonstige Bekannte des Opfers auf den restlichen Plätzen dazu billigend schwiegen. Der leitende Diener der Justitia lächelte nachsichtig hinsichtlich der lautstarken Erwiderung des Grußes. Lässig setzte Timur Lenk seine abenteuerliche Geschichte fort.

‚Dat war nämlich nachem Training in unser Boxverein, dem ‚McMurder Incorporated'. Da wollten wa noch in die Disco und hatten keine Kohle. Da hamm wa so jedacht, vielleicht finden wa so dat Penunze. Ja mei, da kimmt uns dat Vogel entjegen und hat keinen Respekt vor uns, da hatter nämlich so komisch jeglotzt. Boah eh, dat Genghis, dat is nämlich unser Champion, wollte dat freche Type gleich plattmachen, dat versteht nich keinen Spaß mit dat Mongolenehre und tut gerne Leute klatschen. Icke hab aber dat Genghis aufjehalten, weil ick in dat Herz total ne Freund vonne Menschen bin und dat schwatte Bastard noch ne Chance jeben wollte. Ich frag nämlich dat Batu Khan, wat ich für nen Mann bin, dat sacht dann immer: Du bissen fairen Mann. Ich hab dat schwattem Nejer dann jesagt: ,Wat kieckste, willse ein vorm Maul?' Ick hab dann nen Arm ausjestreckt wejen ner Länge Abstand. Ick hatte echt voll Schiss…'

Interessant, wat? Da die vorherige Passage eigentlich dazu dient, mit Hilfe meines Phantasiedialektes die Kultiviertheit Rocky Klatschianos nebst seiner lustigen Gesellen zu unterstreichen, kommt im Anschluss noch eine Version in Klarsprech. Es sei hier aber noch angemerkt, dass unsere munteren Sportsmen, nicht der autochthonen Bevölkerungsgruppe – vermutlich sehr zum Bedauern einiger engstirniger Leute – angehörten, sondern einer Kultur mit einem sehr archaisch geprägten Wertekanon entstammten, der zusätzlich von den negativen Seiten der sogenannten ,Leitkultur' korrumpiert wurde. So verkörperten unsere schlagfertigen Jungfaschisten sozusagen das Schlechte zweier Welten. Das mag nun für einige eine Überraschung sein, aber Rassisten lassen sich nicht einfach mit der Pigmentierung der Haut identifizieren. Ich persönlich glaube nicht an Nationen, Rassen, monotheistische Religionen und sonstigem Blendwerk zum Wohle weniger Rosstäuscher. Ich denke, wir sind alle Individuen und jeder von uns ist einzigartig; schade nur, dass so viele den großen Betrügern auf den Leim gehen.

Und nun die versprochene Übersetzung:

‚Das war nämlich nach dem Training in unserem Boxverein, dem ‚McMurder Incorporated'. Da wollten wir noch in die Disco gehen und hatten kein Geld. Da haben wir so gedacht, vielleicht finden wir so das Geld. <bajuwarischer Ruf des Erstaunens> , da kommt uns der Vogel entgegen und hat keinen Respekt vor uns, da hat er nämlich so komisch geglotzt. <unter Mantafahrern verbreiteter Gruß>, der Genghis, der ist nämlich unser Champion, wollte den frechen Typen gleich verhauen, der versteht nicht keinen Spaß mit der Mongolenehre und tut gerne Leute zusammenschlagen. Ich habe aber den Genghis aufgehalten, weil ich in meinem Herzen total ein Freund von den Menschen bin und dem schwarzen Bastard noch eine Chance geben wollte. Ich frage nämlich den Batu Khan, was ich für ein Mann bin, der sagt dann immer: Du bist ein fairer Mann. Ich hab dem schwarzen Neger (?) dann gesagt: ‚Was schaust Du mich so an, willst Du eine vor das Maul?' Ich habe dann einen Arm ausgestreckt wegen einer Länge Abstand. Ich hatte echt voll Angst…'

Klingt zwar wie der Google-Übersetzer, der Stil bleibt jedoch erhalten.

Unerklärlicherweise erhob sich brüllendes Gelächter im Publikum, das den gestrengen Richter nach Beendigung desselben reagieren ließ.

‚Ihr Humor ist erfrischend Herr Tamerlan. Hinsichtlich des provozierenden Verhaltens des Angeklagten sind Sie in vorbildlicher Weise ruhig geblieben und haben versucht zu deeskalieren! Bitte fahren Sie fort!'

‚Dann hat dat Type mir anjegriffen und hat nen Kopfstoß voll jegen meine Faust jemacht. Wat meine Kumpels sind haben mir natürlich zippie verteidigt, war echt nen harter Fight jegen dat Wilde. Dann hat dat Brutalo sich aufn Boden geschmissen und doch echt mitseiner Birne jegen meine Fuß jestoßen. Ich sach Dir, dat Fäuste und Füße taten echt tierisch weh. Dann bekamen wa voll Schiss von wegen dat Brutale und sind wechjelaufen.'

Wieder erschütterten Wogen der Heiterkeit den Gerichtssaal.

‚Dann taten wa doch noch Jeld finden, weil dat Bandit uns als wa flüchteten mit seine Brieftasche bewerfen tat. Wa ham uns inne Nachtclub von dat Schock erholt. Icke hab echt voll dat Trauma!'

Lost in translation:

‚Dann hat die Type mich angegriffen und hat einen Kopfstoß voll gegen meine Faust gemacht. Was meine Kumpels sind, haben mich natürlich sofort verteidigt, war echt ein harter Kampf gegen den Wilden. Dann hat der Brutalo sich auf den Boden geschmissen und doch echt mit seinem Kopf gegen meinen Fuß gestoßen. Ich sage Dir, die Fäuste und Füße taten echt tierisch weh. Dann bekamen wir große Angst vor dem Brutalen und sind weggelaufen.'

Wieder erschütterten Wogen der Heiterkeit den Gerichtssaal.

‚Dann taten wir doch noch Geld finden, weil der Bandit uns, als wir flüchteten, mit seiner Brieftasche bewerfen tat.

Wir haben uns in einem Nachtclub von dem Schock erholt. Ich habe echt voll das Trauma!'

‚Das ist ungeheuerlich! Derartige brutale Attacken auf unseren Straßen von dreisten Banditen. Wie Läuse im Pelz einer brünstigen Katze vermehren Sie sich und nehmen uns unseren Lebensraum. Aber nicht mit mir, nicht mit mir!'

Streng sah der rasende Richter den vermeintlichen Übeltäter an. Der wiederum war vom bisherigen Verlauf des Prozesses dermaßen paralysiert, dass er schier nicht dazu fähig war, zu reagieren. Derweil richtete sich die Aufmerksamkeit des Anwalts Scrotum, den man im Kollegenkreis gerne auch bewundernd ‚Ischariot' nannte, nicht wirklich auf das aktuelle Geschehen, da Sir Archibald sich gerade damit beschäftigte, auf seinem Smartphone den 97. Level des Ego Shooters ‚Doomesday's Blow Up' zu erreichen.

Mitleidig betrachtete die vorsitzende Zierde der Gerechtigkeit das arme Opfer der Kopfattacken.

‚Da haben Sie ja ein wirkliches Martyrium hinter sich, Sie armer Mensch! Das schränke Sie doch mit Sicherheit beruflich ein und hat doch auch sicherlich zu erheblichem Verdienstausfall geführt!'

Advokat Carpet – Bagger, der bisher in seinem Winkel das Geschehen breit grinsend zur Kenntnis nahm, räusperte sich leicht.

‚Herr Richter, wie Sie sicher bei Ihrem intensiven investigieren der Aktenlage festgestellt haben, ist mein Mandant nicht berufstätig. Sie finden in den Unterlagen, wenn Sie mögen, auch eine genaue Auflistung aller

Kosten, die meinem Mandanten in Folge des brutalen Angriffs auf Ihn entstanden sind.'

‚Danke Herr Rechtsanwalt. Ich musste auch mit Entsetzen feststellen, welch großen volkswirtschaftlichen Schaden die Missetat eines einzigen Invasors haben kann. Da sehnt sich ein hochintelligenter, aufrechter usbekischer Mann nach einer anständigen Arbeit und das wird ihm alles genommen. Sicher möchte unser Geschädigter gerne fortfahren.'

‚Klaro. Echt blöd jetzt, aber von wejen vonne Konstitution, wo schwach is, kann ick nich körperlich malochen. Dann hab ick noch dat fürchterliche Migräne inne Kopp, da jeht auch nix als Bürohengscht pannen. Ick sach Dich, jeden Tach muss ick mit dat furchtbare Schmerzen acht Stunden Training inne Boxclub machen, vonwejen meine Fight nächste Woche mitten Kubilai Khan, dat is zwar nen Weichei, aber listig wie ne Schlange. Dat tut so weh inne Händ und Füß, dat ich mich jeden Tach Viagra und Amphetamine beim Timudschin, dat is meine Apotheker inne Görlitzer Park, besorgen tu; ick kann nich mal nen Broiler mupfeln, ohne dat dat schmerzt inne Zähne. Um dat Haushalt und mir kümmert sich dat Rosi ausm Kontakthof, dat hat echt nen hohen Stundenlohn. Dat Medizin und dat Rosi is echt voll teuer. Nen Tier würden se echt voll wegputze.'

Here we go again:

‚Klaro. Echt blöd jetzt, aber von wegen der Konstitution, die schwach ist, kann ich nicht körperlich arbeiten. Dann habe ich noch die fürchterliche Migräne im Kopf! Da geht es auch nicht, als Bürohengst zu arbeiten. Ich sage Dir, jeden Tag muss ich mit den furchtbaren Schmerzen acht Stunden Training im Boxclub machen, wegen meines Kampfes nächste Woche mit dem Kubilai Khan, der ist zwar ein Weichei, aber listig wie eine Schlange. Das tut so weh in den Händen und Füßen, das ich mir jeden Tag Viagra und Amphetamine beim Timudschin, das ist meine Apotheker inne Görlitzer Park, besorge; ich kann nicht einmal ein Brathähnchen essen, ohne dass das schmerzt in den Zähnen. Um den Haushalt und mich kümmert sich die Rosi aus dem Bordell, die hat echt einen hohen Stundenlohn. Die Medizin und die Rosi sind echt voll teuer. Ein Tier würden sie echt voll töten.'

Timurs Tonfall veränderte sich gegen Ende seiner Aussage leicht ins Weinerliche, während die amtierende Zierde der bundesdeutschen Justiz dazu mitleidig sein Haupt schüttelte.

,Das ist wirklich berührend und herzerwärmend. Die keusche Maid, die den geschundenen Helden pflegt, der Heim vom Kampfe gegen die teuflische Drachensaat eilt; wie einst Weiland Siegfried oder Teja, der letzte Führer der Ostgoten. Aber als Richter soll man sich nicht einer Sache gemein machen, auch wenn es die Richtige ist. Sir Scrotum haben Sie noch irgendwelche Fragen an den Kläger? Ich werde aber nicht zulassen, dass Sie dem armen Manne noch mehr Pein zufügen!'

Trotz des eher schrumpfgermanischen Inhalts der blumigen Rede, raunte die Meute beifällig, Blut witternd.

Der engagierte Advocatus hatte gerade Level 98 erreicht und litt unter einem partiellen Aufmerksamkeitsdefizit.

‚Offensichtlich hat der Verteidiger des Verbrechers keine weitere Fragen mehr. Lumumba trete nun vor und bekenne, auf dass das Schwert der Gerechtigkeit Dich richten möge!‘

Derweil verbreiteten sich im Publikum lautstarke Zeichen der Begeisterung, die sich durchaus mit dem Geheul eines hungrigen Wolfsrudels vergleichen ließen.

Das kriminelle Monster hatte inzwischen seine Contenance zurückgewonnen, obwohl ihm die Situation einfach nur surreal vorkam. Ruhig, wenn auch umständlich, erhob er sich von seinem Platz.

Bevor wir zum bitteren Ende kommen, sollten noch einige Dinge über Dr. Desmond Lumumba nicht unerwähnt bleiben. Lumumba floh hinsichtlich der misslichen Lebensumstände, die in jenen ungesunden Weltgegenden recht rasch und drastisch ein jähes Ende finden konnten, aus der Republik Kongo. Er beherrschte neben französisch auch englisch und war dabei seine Kenntnisse in der deutschen Sprache zu perfektionieren. Desmond arbeitete als Arzt im städtischen Klinikum und erfreute sich wegen seiner ruhigen, menschenfreundlichen Art großer Beliebtheit. Wie ihr euch schon denken könnt, unternahm er in krasser Fehleinschätzung der allgemeinen Sicherheitslage einen abendlichen Spaziergang, bei dem er von unseren vier Stammeskriegern zusammengeschlagen und ausgeraubt wurde.

‚Das muss ein Traum sein! Ich verwahre mich gegen diese haltlosen Anschuldigungen. Ich habe fast den Eindruck, Sie sind überhaupt kein richtiger Richter…‘

Passend zum wütendem Gemurre im Zuschauerraum verfärbte sich die Gesichtsfarbe Wyschinski – Freisler in blutiges Rot.

„Sie sind ja ein schäbiger Lump! Wie kannst Du es wagen an mir zu zweifeln, ist denn niemand da, der die Ehre meines Tribunals verteidigen will?'

Timur sprang behände voller Einsatzbereitschaft auf.

‚Herr Richter, falls se nen Päusken machen wollen. Wa uns um dat kriminelle Arschloch kümmern. Der Schwatte macht dann keene Probleme mehr!'

‚Des Volkes Stimme!'

Der völkische Richter erhob sich zufrieden lächelnd.

‚Ich werde dann einmal eine Zigarettenpause machen! Sie bleiben aber alle hier. Wenn ich zurückkomme, erwarte ich eine endgültige Lösung dieser Frage.'

‚Moment, ich begleite Sie**!**'

Der advocatus diaboli des Klägers verspürte ein gewisses Unwohlsein.

‚Carpet – Bagger, Sie bleiben hier! Gegen des Volkes Wille ist man machtlos!'

‚So ist es. Ich wasche meine Hände in Unschuld und habe vom Kommenden nichts gewusst.'

‚Ihr seid doch alle verrückt!'

Der finale Einwand des Delinquenten fand angesichts der Vorfreude der meisten Anwesenden wenig Beachtung.

Scrotum erreichte gerade Level 99, als Wyschinski – Freisler, unter Zurücklassung seines Pilotenkoffer, zufriedenstrahlend den Raum verließ, während die Hyänen über Ihre Beute herfielen.

So viel Spaß hatte er seit den Zeiten des Volksgerichtshofes und der Moskauer Schauprozesse nicht mehr gehabt. Die Bombe im Pilotenkoffer sollte in zwei Minuten explodieren und alle töten. Ein ausgezeichnetes Resultat! Mit einer Ausnahme würden die Anwesenden in ihre eigene Hölle fahren, denn die ist ebenfalls multikulturell. Und, nicht zu vergessen, es gab einen guten Menschen weniger auf der Welt. Das würde seinen Meister besonders erfreuen, denn allzu viele davon ließen sich auf dem Erdenrund nicht wirklich finden. Nach vollbrachtem Werk, sollte man sich doch ein wenig Entspannung gönnen! Vielleicht als Chefchirurg in der Sachsenklinik? Prof. Dr. Todd war zwar wenig subtil, gefiel ihm aber nicht schlecht.

Scrotum beendete gerade sein Spiel erfolgreich, als der Sprengsatzsatz detonierte, und Wyschinski – Freisler ward nicht mehr gesehen; vorerst.

Noch ein LARP-Rezept

Für alle Halblinge und die es noch werden möchten hier die Einleitung für einen Hobbit-Schmeck-Lecker-Kuchen:
Zutaten:
100-125 Gramm Butter aus dem Auenland
125 Gramm Zucker
3-4 Taubeneier
1 Teelöffel Salz
200 Gramm Weizenmehl
2 Teelöffel Bachpulver
2 Teelöffel Weinbrand
1-4 Esslöffel Eierlikör
5 Äpfel
750 Gramm Kirschen
Butter, Mehl und Eier schaumig rühren. Danach sollten Zucker, Salz und Weinbrand hinzugefügt werden. Eine halbe Stunde weiterrühren, danach das Backpulver 15 Minuten unterrühren. Das gar köstliche Gemisch 1 Stunde ziehen lassen. Danach mit der Hand kneten und so viel Eierlikör hinzufügen, dass der Teig schwer vom Griffel fällt. Die Masse dann in eine gefettete Springform füllen und glattstreichen.

Für den Belag Äpfel schälen, vierteilen und danach einen halben Tag in Rum einlegen. Die Kirschen waschen und entsteinen und dann ebenfalls einen halben Tag mit Vodka wässern. Beide Früchte als Belag auf den Teig platzieren, sodass das Bildnis einer Hobbithöhle dargestellt wird. Den Ofen 10 Minuten vorheizen und dann bei 175-195°C 45 Minuten lang backen. Nach dem Genuss dieses Kuchens fühlt ihr euch mindestens so verdattert wie Bilbo in Bruchtal; versprochen!

Story V: The descending of the gods

Es war das Jahr 3 Rohr im 4. Mond am 1. Tag des neuen Zyklus als das Haus der Götter in der Stadt der gefiederten Schlange vollendet war. Bevor die grausamen Opferrituale zu Ehren der großen Drei beginnen konnten, musste Zwei-Eulen-Speer die Zeremonie der Ankunft vollführen, denn so gebot es der Brauch seit Beginn des neuen Zeitalters. Bekleidet mit seinem prächtigen Umhang aus Quetzalfedern und seine Schlangenmaske tragend, trat er vor die Masse der Gläubigen:

‚Ich, Zwei-Eulen-Speer, oberster Diener der gefiederten Schlange, des Mächtigsten der Drei, bekenne, dass ich Zeuge war, wie die neuen Götter hernniederstiegen und die falschen Alten zerschmetterten. Wie sie sich in schrecklicher Herrlichkeit offenbarten und uns die neuen Rituale lehrten, um ihren Hunger zu stillen. Erzittern sollt ihr vor ihrer Macht, denn ihr Zorn ist schrecklich.

Im Jahre 1 Tapir im 12 Mond am 24. Tag begleitete ich als einfacher Priester jener falschen Götzen, deren Name verboten ist auszusprechen, die alljährliche große Prozession mit den Früchten der Felder als Gabe an den Tempel jener Verfluchten. Die rituellen Lieder des Friedens singend näherten wir uns dem Heiligtum, von wo uns die Hohe Priesterin - wie es die Tradition gebot - aus der Ferne segnete. Da erschien uns ein weißes Licht und ein gewaltiges Gebrüll wie von tausend Jaguaren erfüllte die Luft. Wie sahen das Haus der Götter niedersteigen und die Drei sandten einen feurigen Atem, der alles Leben im Tempel vertilgte, als Strafe für unseren verderbten

Irrglauben. Dann setze sich das Haus der neuen Götter auf den zerstörten Tempel der Verfluchten als Zeichen des Triumphes und der Atem der neuen Götter warf uns zu Boden. Als wir uns erheben konnten, flohen wir voller Angst…'

Auszug aus dem Computertagebuch Captain William Blighs vom Frachtschiff H.M.S. Bounty, das mit 10000 Überraschungseiern, 20000 Elfendritschen und 5000 Affenbrotbäumen auf dem Weg nach Sirius B war: 13151004121609130F1200080F13040E13030804091313 0412…..

Da ihr vermutlich kein Wolperting könnt -oder doch?- transkribiere ich im Anschluss diesen hochkomplexen Text; der wird bei der deutschen Flugsicherung ebenfalls gerne im Ursprungssinn verwendet! Unser Kapitän und seine Crew gehörten nämlich der unendlich überlegenen Spezies der Wolpertinger an, die große Teile der bekannten Galaxien besiedelt hatten.

Nun aber die Transkription:

Sternzeit 123456789: Dieser verdammte Porky war wieder völlig stoned und hat es tatsächlich fertiggebracht, mit Warp 3 in das SBG 305 einzufliegen und dort den Autopiloten einen ‚Low Approach' ausgerechnet auf den einzig bewohnten Planeten machen lassen. Der-großen-Wildsau-sei-Dank hatte ich mich gerade von meinem Trip erholte und beabsichtigte, diesen Idioten im Kontrollraum abzulösen. Es gelang mir noch rechtzeitig, einen ‚Emergency Descend' nach Annex 10 der Charta betreffend ‚Notlandungen auf für die Kontaktaufnahme gesperrte Planeten' einzuleiten. Wir sind zwar in einem besiedelten Gebiet gelandet, aber das wird nur von primitiven Maisbauern und Jägern ohne Schriftsprache bewohnt. Zu allem Überfluss vernichteten unsere Bremsraketen wohl eine kleinere Ansammlung von Lehmhütten inklusive deren Bewohnern. Wenn TRAMON das mitgekriegt hat, dann gibt es richtig Ärger; für solche Kollateralschäden schickt die Alienschutzbehörde einen neuerdings in den Knast. Warum muss ich eigentlich mit den drei größten Pfeifen der gesamten Sternenflotte auf diesem Seelenverkäufer durch das Universum schippern? Mein erster Offizier, Mr. Porky, ist dauernd zugedröhnt, der Schiffsarzt, Dr. Eberle, kuriert sogar völlig Gesunde zu Tode und mein Bordingenieur, Chief Wutzche, ist einfach nur zu dumm zum Brunzen. Ich bete darum, dass die Automatik auf diesem Schrotthaufen noch lange funktioniert, denn sollte sie jemals ausfallen, bringe ich mich besser um. Das geht schneller und ist weniger schmerzhaft, als sich von diesen inkompetenten Versagern ins Jenseits befördern zu lassen. Als Klassenbester an der Sternenflottenakademie hätte ich nie gedacht, dass ich einmal ein marodes Billigraumschiff mit einer selbst für diesen Schiffstyp völlig unterirdischen Crew kommandieren würde. Es ist einfach nur ungerecht! Captain Iglo, der Klassenclown, ist jetzt Kommandant eines hypermodernen Containerschiffs und darf sogar Fischstäbchen nach Aquarius transportieren; während ich hier den letzten Ramsch herumschippere. Mein alter Freund, Captain Ahab, kommandiert sogar ein Kometenfangschiff und jagt damit den berühmten, weißen

Kometen. Meine-große-Wildsau, ich brauche bald wieder einen Schuss. Leider haben die Triebwerke bei der Landung etwas abgekriegt und die Instandhaltungsroboter benötigen einige Stunden, um den Schaden zu beheben; solange halte ich es ohne Stoff nicht aus! Mit Grausen denke ich daran, was meine drei Helden der Raumfahrt hier noch alles anstellen werden, wenn ich weggetreten bin; aber man muss Prioritäten setzen. Vielleicht nützt ja ein Briefing hinsichtlich unserer delikaten Situation etwas, obwohl ich sehr daran zweifle….

‚Mr. Porky, wo ist Wutzche?'
Leicht entnervt sah Captain Bligh seinen ersten Offizier mit den spitzen Ohren an, dessen glasige Augen und konfuser Blick nichts Gutes versprachen.
‚Faszinierend Chefchen! Im Nirvana, wir sind alle im Nirvana. Alles easy Mann.'
‚Mr. Porky, Sie erscheinen mir erregt, soll ich Ihnen ein Beruhigungsmittel verabreichen? Ich hätte da noch etwas Laudanum oder auch andere Opiumderivate.'
Besorgt blickte Dr. Eberle mit fachmännischer Miene seinen potentiellen Patienten an, während die Augen des Kapitäns mit Sicherheit zwei Leichen produziert hätten, wenn ihnen nur das Töten möglich gewesen wäre.
‚Ruhe jetzt! Meine-große-Wildsau, warum habe ich meine Metzgerlehre nicht beendet und bin Entertainer geworden? Ah, da ist ja das verlorene Hornvieh. Schön, dass Sie uns auch mit Ihrer Anwesenheit beehren Chief Wutzche!'
‚Danke, sehr freundlich von Ihnen Herr Kapitän. Ich war wohl zuerst im falschen Zimmer. Ich habe mich schon

gewundert, dass wir einen neuen Briefingraum haben und da sogar rosa Klosetts eingebaut worden sind. Aber ich bin ja ein Fuchs! Als dann niemand kam, habe ich den gerade reinigenden Raumpflegekyberneten gefragt und der hat mir den Weg hierher gezeigt!'

,Sie waren auf der Damentoilette, Sie Genie. Wie auch immer, wir sind jetzt vollzählig. Aufgrund unserer momentanen Lage halte ich es für notwendig, kurzfristig ein Sicherheitsbriefing durchzuführen. Äh, ja Chief Wutzche.'

,Ich verstehe das mit der Lage nicht so richtig, Herr Kapitän! Was ist denn jetzt so besonders daran?'

,Das diese Frage jetzt von Ihnen kommt, war mir schon klar Sie Intelligenzbolzen. Falls es Ihnen noch nicht aufgefallen sein sollte, wir sind in ein Sonnensystembegrenzungsgebiet eingeflogen und auf einem von halbintelligenten Wesen bewohnten Planeten mit Kontaktsperre notgelandet. Haben Sie das jetzt verstanden, Herr Ingenieur?'

,Ich bin mir nicht ganz sicher, aber ich glaube ja. Danke Herr Kapitän!'

,Oh Mann! Was wollen Sie denn jetzt Eberle?'

,Dr. Eberle bitte, so viel Zeit muss sein; ohne den Titel fühlt man sich so nackt. Ich hätte da noch einen Vorrat an Präservativen, die ich gegen einen kleinen Obolus herausgeben könnte! Wer weiß, was die Eingeborenen für Geschlechtskrankheiten übertragen?!'

,Das ist doch nicht wahr! Meine Herren, halten Sie jetzt einfach den Mund. Dem Protokoll für ,security briefings' folgend, zeige Ihnen jetzt eine multimediale Präsentation in 3-D mit den relevanten Informationen hinsichtlich der semi-intelligenten Aliens sowie der Flora und sonstigen Fauna rund um unsere Landezone. Computer: Film ab. Ähm, Computer: Film ab. Spiel schon diesen verdammten Film ab, Du Scheisskiste! Verdammt, ist denn auf diesem Kack-Kahn alles nur Schrott.'

Derweil zog sich der erste Offizier unbemerkt eine weitere Partie von den lustigen, bunten Pillen rein und blickte seinen Kommandanten hernach beruhigend lächelnd an.

‚Faszinierend mon capitáin! Relax, don't do it! Der große Demiurg hat seinen Masterplan!'

‚Wenn der Herr Kapitän erlauben möchten, ich kann mir das Problem einmal ansehen.'

‚Lieber nicht Wutzche, Sie Zierde der Ingenieurswissenschaften. Wenn ich mich recht entsinne, haben Sie die Lebensmittelversorgung für drei Tage lahmgelegt, als Sie erfolglos versuchten, die Kaffeemaschine zu reparieren. Einem bleibt aber auch nichts erspart! Also machen wir es ‚old school'. Ich fasse die wichtigsten Informationen zusammen: Die dominante Spezies auf diesem Planeten sind Säuger, die von Primaten abstammen. Sie haben etwas zu bemerken, Herr Dr. Eberle? Erfreuen Sie uns mit Ihren Weisheiten!'

‚Das ist ja widerlich! Ich möchte noch einmal an die Kondome erinnern!'

‚Faszinierend, auch diese armen Kreaturen sind Kinder der großen Wildsau!'

‚Danke meine Herren für diese äußerst erbaulichen Worte. Ich möchte Sie aber bitten, mit Ihren sinnfreien Fragen und Kommentaren bis zum Ende meines Vortrages zu warten oder meine Zeit überhaupt nicht zu verschwenden. Wo war ich stehengeblieben? Ach ja! Wir haben es hier mit einer frühneolithischen Zivilisation zu tun, deren Domestizierung der lokalen Flora und Fauna nicht sehr weit fortgeschritten ist. Das Pantheon dieser Wesen zeichnet sich nicht durch komplexe Strukturen aus und wird von pazifistischen Vegetationsdivinitäten dominiert. Oh verdammt, das habe ich mir gedacht! Wutzche, Sie sehen mich an wie die Katze den Kalender, offensichtlich hat der Sinn meiner Worte sich für Sie nicht so ganz erschlossen. Also, damit auch Sie das verstehen und nicht nur Dr. Eberle: Die Typen leben in der Jungsteinzeit und sind primitive Maisbauern mit wenig Viechern. Außerdem beten sie irgendwelche Pflanzen an und davon nicht viele. Im Großen Ganzen sind diese schlauen Affen recht friedlich; womit wir beim nächsten Punkt sind. Außenaufenthalte sind nach den Richtlinien der Alienschutzbehörde strengstens untersagt. Sollten Sie durch einen Notfall doch gezwungen werden, das Raumschiff zu verlassen, sind ihre Transformerschutzanzüge von ‚Squawk Standby‘ auf ‚Camouflage‘ zu kalibrieren, damit Sie für die Eingeborenen unsichtbar werden und so ein Kontakt vermieden wird. Ein Tipp am Rande: Falls der wahrscheinliche Fall eintritt, dass einer von Ihnen den vorgeschriebenen Modus vergisst, sollte er tunlichst vermeiden, auf ‚transparent‘ umzuschalten, da unser äußeres Erscheinungsbild dem von jagdbarem Wild in der Gegend ähnelt. Bevor Sie fragen Wutzche: Wenn einer dieser Affen Sie in voller Schönheit sieht, könnte er auf die Idee verfallen, Sie zu verspeisen! Das war alles, noch irgendwelche Fragen?'

Hier sei angemerkt, dass unsere Wolpertinger eine große Ähnlichkeit mit Pekaris (Nabelschweinen) besaßen, die die ansässige Bevölkerung zum Fressen gern hatte. Bei den erwähnten Schutzanzügen handelte um wahre Wunderwerke der unübertrefflichen Schweinetechnik, die neben klassischen Funktionen über ein den jeweiligen Bedürfnissen entsprechendes Waffenarsenal verfügten und das Erscheinungsbild des Users je nach gewählten Modus für etwaige Beobachter modifizierte - sozusagen von unsichtbar über naturalistisch bis schlimmster Alptraum.

‚Herr Kapitän, kann man diese fürchterlichen Kannibalen nicht zu Veganern umerziehen?'

‚Nein, kann man nicht! Außerdem fressen Kannibalen ihre eigene Art und die allenfalls einen schwachsinnigen Raumfahrer. Nächste Frage!'

‚Darf ich einen für medizinische Experimente fangen?'

‚Nein, dürfen Sie nicht. Bevor Sie auf dumme Gedanken kommen Dr Eberle: Das Entführen eines geschützten Aliens gilt als Kapitalverbrechen und wird mit mindestens 20 Jahren Verbannung in die Bergbaukolonien von Moria geahndet.'

‚Schade!'

‚Faszinierend, die Fresskultur dieser Bananenbeißer!'

‚Leider muss ich jetzt die Fragestunde beenden, da ich jetzt wirklich dringend wichtige Transportunterlagen in meiner Kajüte zu bearbeiten habe. Damit ich mich besser konzentrieren kann, werde ich meine Tür verriegeln und Kopfhörer aufsetzen. Ich bin also für die nächsten 3

Stunden nicht erreichbar. Als meinen Vertreter ernenne ich ..mmmh…'

Die Auswahl zwischen Pest, Cholera und Typhus fiel Bligh nicht leicht. Schließlich entschloss er sich doch für letzteres.

,Dr. Eberle. Tun sie nichts was ich auch nicht tun würde, aber ich glaube, mein Rat dürfte vergeblich sein.'

,Faszinierend, gerade ist mir so ein Fress-Alien erschienen.'

,Mr. Porky, wenn ich noch einmal dieses Wort von Ihnen höre, dann schwöre ich bei der großen Wildsau, schlage ich Ihnen den Schädel ein!'

,Faszinierend, der phago pongo.'

,Ich glaube, Sie würden das sowieso nicht mehr spüren. Zeit für mich zu gehen!'

Mit einem unguten Gefühl in der Magengegend verließ William Bligh seine illustre Crew und flüchtete in seine tägliche Portion des synthetischen Glücks.

,Voller Angst und Verwirrung rannten wir zum Dorf Fünf-Schildkröten-Hain. Dort hatte Der-mit-dem-Jaguar tanzt bereits die Männer vom Friedvollen-Krieger-Orden versammelt. Der-mit-dem-Jaguar-tanzt kam einst aus dem Osten zu uns und war ein machtvoller Schamane und Anführer der friedvollen Krieger. Alle fürchteten und bewunderten ihn, da die falschen Götter ihn mit großer Macht gesegnet hatten. ,Warum flieht ihr wie ein Kostner vor dem Wolfe?', so fragte Der-mit-dem-Jaguar-tanzt. Ich erzählte dem Günstling der mächtigen Yucca-Palme von der wundersamen Niederkunft des Hauses der Götter.

‚Diener des Friedens!', so rief der unbesiegbare Schamane feierlich, ‚Lasst uns der dunklen Bedrohung durch die Siths (huch, bin ich wieder im falschen Film?) Einhalt gebieten. Tanzen wir den Tango der friedvollen Verteidigung und tilgen die grausamen Eindringlinge vom Angesicht der Erde.' Also tanzten wir und gingen dann voller Einfalt unserem Schicksal entgegen…'

‚Meine Herren, ich habe Sie hierher gebeten, weil wir eine wissenschaftliche Mission höchster Priorität zu erfüllen haben!'

Dr. Eberle betrachtete seine Schiffskameraden, die wie er in vollen Außeneinsatzmontur am Fuße des notgelandeten Frachters standen, mit heroischem Forscherblick.

‚Als kommissarischer Oberbefehlshaber der H.M.S. Bounty habe ich beschlossen, dass wir das Terrain nach der ‚eitrigen Todesmorchel' - einer seltenen Heilpflanze mit endgültiger Wirkung - durchsuchen. Das ist ein großer Schritt für mich und ein kleiner Sprung für die Wolpertingheit. Sie sollten sich der Relevanz unserer Aufgabe ständig bewusst sein.'

‚Faszinierend Professörchen, hier soll es auch tolle Pilze geben, die das Wohlbefinden erheblich steigern. Bio ist sowieso gesünder! Ich bin dabei!'

‚Warum sollen wir in diesem schrecklichen Dschungel mit all diesen Wolperting fressenden Aliens herum stapfen. Nein, da gehe ich bestimmt nicht hinein!'

Quengelig, aber entschieden, schüttelte Chief Wutzche sein wenig weises Haupt.

‚Bedenken Sie den immensen Nutzen für mich und die ganze Wolpertingheit! Falls Sie bei unserer gewaltigen Aufgabe mehr oder weniger grausam sterben sollten, werden Sie bestimmt als einer der Märtyrer der Wissenschaft auf dem Weg zum Ruhm des berühmten Dr. Eberle in die Annalen eingehen. Außerdem, Sie Geistestitan, bin ich jetzt der Kommandant und befehle Ihnen, Ihre Pflicht zu erfüllen!'

‚Okay, okay. Ich meinte ja nur wegen der Fressaffen.'

‚Machen Sie sich um die Wolpertingerphagiten keine Sorgen! Die fressen Sie erst, wenn Sie tot sind. Haha!'

‚Na dann ist ja alles in Ordnung!'

Leidlich beruhigt lächelte Wutzche seinen Gegenüber selig an.

‚So meine Herren, ist ihre Ausrüstung vollständig? Haben Sie Ihre Kondome dabei? Gut! Dann man los!'

‚Verzeihung Herr Doktor, da war doch noch etwas mit den Transformerschutzanzügen?'

‚Richtig Chief Wutzche, also wir stellen jetzt den Modus, ähm? Was war das noch einmal? Camus, Camel, Cappuchino, oh jetzt habe ich es: Combat! Also alle Anzüge auf Combat-Modus! Vergessen Sie nicht, danach ihr Intercom zu aktivieren.'

Nachdem der neue Modus Operandi eingestellt war, veränderte sich das Äußere unserer Pioniere der extrawolpertingischen Planetenforschung in recht drastischer Weise.

‚Mein Gott Wutzche, Sie sehen aus wie eine Kreuzung zwischen Papagei und Blindschleiche. Mr. Porky, Sie haben eine gewisse Ähnlichkeit mit einem Stadtstreicher, den man nach Afghanistan in den Krieg geschickt hat.'

Dr. Eberle, dessen Gestalt die Form einer überdimensionalen, einheimischen Raubkatze annahm, beäugte die restlichen Expeditionsteilnehmer kritisch und schaltete sein Intercom an, damit seine geschätzten Gefährten seine nachfolgenden Worte auch vernehmen konnten.

Porky hingegen testete seine Ausrüstung glücklich lachend durch allerlei Bewegungen und löste durch den erhobenen Daumen an der rechten Hand versehentlich einen Schuss seiner automatischen Phaserkanone aus. Angesichts des großen Lochs, dass der Plasmastrahl in einem der gigantischen Urwaldbäume hinterließ, kicherte der erste Offizier drogentrunken.

‚Passen Sie doch auf, Sie Idiot, Sie könnten mich noch verletzen.'

Die Raubkatze starrte den Stadtstreicher mit dem Stahlhelm böse an.

‚Also, werte Forscherkameraden, beginnen wir mit unserer Mission.'

Nachdem Mr. Porky noch einige Bäume durchlöchert hatte, setzte sich die Expedition langsam in Bewegung.

‚Du meine Güte Wutzche, quietscht Ihr Schutzanzug erbärmlich. Sie sollten Ihn gelegentlich einmal ölen.'

Circa nach einer Stunde erfolglosen suchens und einige hundert tote Bäume später sammelte sich unsere muntere Gruppe auf einer kleinen Lichtung.

‚Ich bin sehr enttäuscht von Ihnen, werte Kollegen. Sie könnten sich ruhig ein bisschen mehr bemühen. Wenn Sie,

Mr. Porky, nicht dauernd irgendwelche Pilze in sich hineinstopfen würden und Chief Wutzche nicht hinter jedem Baum ein wolpertingerfressendes Ungeheuer sähe, wäre wir vermutlich viel weiter. Aber was ist denn das da…?'

Eine Gruppe reich mit Federn geschmückter Eingeborener, die mit primitiven Speeren und Kriegskeulen bewaffnet war, betrat unsicher die Lichtung. Ein hoch gewachsener Mann von edler Statur trat entschlossen aus der Masse heraus und hob, während er Worte in einer unverständlichen Sprache hervorstieß, seinen gewaltigen Speer.

Mr. Porky war der Erste, der sich von der Überraschung erholte oder auch diese aus verständlichen, drogentechnischen Gründen nicht spürte. Jedenfalls realisierte jener vorbildliche erste Offizier einer überlegenen, raumfahrenden Spezies auch nicht so richtig, dass die Aliens ihn nicht hören konnten.

,Faszinierend. Hi Bro, was geht?'

Debil grinsend hob er den Daumen an der rechten Hand und bewegte diese in Richtung des Speer schüttelnden Aliens. Das sank zur äußersten Überraschung Porkies von einem Plasmastrahl getroffen dahin. Inzwischen hatte auch Wutzche die Situation realisiert.

,Oh große Wildsau, die Fressaffen. Sie werden uns töten und fressen, wir werden alle sterben…' Dabei sprang unser tapferer Bordingenieur wild mit den Armen wedelnd herum, dass sein Schutzanzug nur so erbärmlich quietschte. Hinsichtlich seiner Gestalt als gefiederte Schlange sah dies durchaus bedrohlich aus.

‚Porky Sie Idiot, den hätte ich gerne lebend gehabt. Ich werde das Exemplar dank meiner überragenden medizinischen Fähigkeiten retten!'

Dr. Eberle begab sich rasch zu dem tödlich verletzten Mann und wühlte vergeblich mit seinem eilig aktivierten OP-Handschuh in der großflächigen Wunde des Toten herum. Schließlich zog er das Wunderwerk extraterrestrischer Technik aus dem Leib des Mannes hervor und betrachtete erstaunt auf das Organ, das er da unbeabsichtigt in seiner Hand hielt.

Der hysterische Bordingenieur sprang derweil in Richtung des Bordarztes.

‚Dr. Eberle, sind Sie irre. Das Ding von dem Fressaffen ist bestimmt verseucht. Wir werden alle elendiglich verrecken…'

Der Meisterchirurg betrachtete den Gegenstand des Entsetzens wortlos und ließ ihn im Probenbrustbeutel unter seinem Schutzanzug verschwinden.

‚Faszinierend, was ist denn mit den Bananenbeißern los?'

Kichernd deutete Mr. Porky auf die Gruppe Eingeborener, die inzwischen auf den Knien liegend ihre seltsamen Häupter senkten.

Dr. Eberle taxierte die Knienden voller wissenschaftlicher Sachkenntnis.

‚Vermutlich betteln Sie, damit wir Ihnen etwas zu fressen geben!'

‚Das ist ein Trick, damit Sie uns einfangen und lebendig kochen können..'

Der durchdrehende Wutzche hüpfte zwischen seinen Kameraden umher.

‚Faszinierend, ihr Bananenbeißer sollt auch nicht leben wie die Hunde!'

Ungeschickt warf der barmherzige Schweine-Samariter einen Schokoriegel, auf dem das primitive Abbild eines Raumschiffs dargestellt war, in Richtung der Knieenden und traf dabei einen Mann der einen runden Federschmuck auf dem Kopf trug; der regte sich aber nicht.

‚Den könnte ich gut zu Forschungszwecken gebrauchen.'

‚Faszinierend, wir könnten ihm ein rotes Jäckchen, Höschen und Kapüzchen anziehen. Er könnte dann tanzen und ich spiele den Leierkasten.'

Bevor Doktor Eberle antworten konnte, wurden die drei ausgeschlafenen Forscher vom Leitstrahl der Bounty erfasst und an Bord gebeamt.

‚Wir erreichten die Lichtung der Macht und dort standen sie, die allmächtigen Drei in all ihrer grausamen Herrlichkeit! Es waren die gefiederte Schlange, der untote Gott des Krieges und der gnadenlose Jaguar-Gott. Wir waren alle voller Angst, aber Der-mit-dem-Jaguar-tanzt rief: ‚Fürchtet euch nicht Brüder, folgt mir. Die Kraft von Mutter Erde und die Power der Yucca-Palme wird uns beschützen.' So folgten wir dem Schamanen. Fast hatten wie die großen Drei erreicht, da trat Der-mit-dem-Jaguar-tanzt hervor und schrie beschwörend: ‚Ich fordere euch heraus, ihr Dämonen der Finsternis. Zittert vor der Macht meiner Götter, denn nur die Kraft des Blitzes ist mächtiger!'

Da streckte der untote Gott des Krieges den Frevler mit einem Blitz nieder und Gefiederte Schlange war sehr erzürnt und schrie wie tausend Quetzale. Dann befahl die Gefiederte Schlange dem grausamen Jaguargott, das Herz des Ungläubigen herauszureißen und zu essen. Wir alle wussten, dass die mächtigen Götter uns alle für unseren Frevel töten würden und sanken zu Boden, um unser Schicksal zu empfangen. Aber die mächtigen Drei erwiesen uns Gnade. Der große Quetzalcoatl befahl dem untoten Gott des Krieges einen von uns mit dem göttlichen Siegel des göttlichen Hauses zu erwählen und es traf mich. Dann entrücken die unbezwingbaren Drei in ihr göttliches Haus und fuhren auf gen Himmel auf einer heiligen Feuersäule …

Auszug aus dem Computertagebuch Captain William Blighs vom Frachtschiff H.M.S. Bounty:
Sternzeit 2345678901: Das darf doch wohl nicht wahr sein, die-große-Wildsau-sei-verflucht. Als ich mich von meinem Trip gerade erholt hatte, musste ich feststellen, dass die ganze Crew ausgeflogen war. Mit Hilfe der Sensoren stellte ich dann fest, dass diese drei Schwachköpfe circa drei Meilen vom Schiff mit einer Gruppe Eingeborener schäkerten. Sie haben wohl dabei einen von denen umgelegt und, noch schlimmer, die Ureinwohner auch noch gefüttert.
Ich konnte die drei Leerbrenner noch rechtzeitig aufs Schiff beamen, bevor noch schlimmeres passiert. Trotz defekter Triebwerke habe ich sofort einen ‚Afterburner Scramble' durchgeführt, dabei aber ein Riesenfeuerwerk angerichtet; die Aliens dürften davon begeistert gewesen sein. Für die ganze Affäre würden wir alle, Dank der

neuen Tierschutzgesetze, für Jahre zur Zwangsarbeit aufs Archipel GULAG geschickt. Aber dazu wird es nicht kommen! Ich habe mich nun endlich entschlossen: Ich jage diesen Schrotthaufen mitsamt den drei Vollpfosten in die Luft und haue rechtzeitig mit seiner Rettungskapsel ab. Entweder ich verbreite bei meiner Rettung, die Mannschaft wäre von einem eingeschleppten Alien weggefressen worden und ich hätte das Schiff leider sprengen müssen oder -das gefällt mir besser- die drei Knalltüten hätten gemeutert, mich mit der Kapsel ausgesetzt und dann in Gefilde entfleucht, die zuvor nie ein Wolpertinger betreten hat…

‚Und so erwählte mich der große Quetzalcoatl aus, sein Wort zu verbreiten und seine Wiederkunft vorzubereiten. Siehe, oh du Gott der Götter: Auf dein Geheiß wurde aus dem Orden der friedvollen Krieger die Kriegsgesellschaft Der-blutigen-Jaguarklauen. Siehe stolz, wie wir die Nachbarstämme mit Krieg überzogen und ihre falschen Götter des Friedens vernichteten. Dank Deiner Macht fanden wir zur Weisheit.'
Zwei-Eulen-Speer drehte sich um und deutete auf das neue Haus der Götter.
‚Nun haben wir euer Heim für Eure Rückkehr bereitet und bringen euch die Herzen unserer Feinde dar. Lasst die Opferungen beginnen!'
Schon wurde das erste von zahlreichen menschlichen Opfern die Stufenpyramide - eine plumpe Imitation des Aufdrucks des bewussten Schokoriegels - heraufgezerrt und ihm beim lebendigen Leib das Herz herausgerissen.

Passt hier zwar nicht so hundertprozentig, aber ist trotzdem gut:

Ein Schmetterling kann bekanntlich eine Sturmflut auslösen und ein Idiot einen Tsunami an unsagbarem, menschlichem Leid.

Bullshit Bingo Part III

‚Die große Lüge' ist das monumentale Lebenswerk des Parapsychologen und Bibelforschers Holy Geronimo Moses, indem mit zahlreichen Zitaten aus der heiligen Schrift und den Werken mittelalterlichen Theologen die Kugelgestalt der Erde widerlegt wird. Ebenso beruft sich der Autor auf den telepathischen Kontakt mit einem Engelswesen namens Methadon, das dem Forscher in seiner Allwissenheit die wahre Gestalt unseres Planeten offenbarte: Die Erde besitzt nämlich die Form einer Flasche Jack Daniels! Diese wahre Form unserer kosmischen Heimat offenbart sich nur, wenn man sie mit dem sogenannten Engelblick aus allen Dimensionen, deren es nach Methadon wohl etliche Trillionen gibt, betrachtet. Die für ihn lächerlichen Bemühungen und Beweisführungen der Naturwissenschaften führt Moses auf geniale Weise mit einem simplen Axiom ad absurdum, nämlich, dass die Welt zu komplex wäre, als dass die Schulweisheiten sie zu erfassen vermögen. Der Parapsychologe selbst offenbart, dass er kognitiv die Metaebene der vergeistigten Tiefflieger erreicht hätte und kurz vor seinem Aufstieg zu einem geheimen Meister des Ordens des Phönix stände. Zum Abschluss gibt der Autor auf Anweisung seines Schutzengels wertvolle Hinweise, wie seine Leser ebenfalls die Metaebene erreichen können. Eine Grundvoraussetzung dafür stellt jedoch dar, dass die angehender, vergeistigten Tiefflieger all ihr ‚verfluchtes' Geld Moses überweisen, damit dieser in selbstloser Weise es gegen himmlische Gutscheine umtauschen kann; das

Werk endet dann auch mit der Bankverbindung des Autors.

Story VI: Lebe Deinen Traum

‚Das Ganze halt, in Linie angetreten! Links um! Rechts um! Richt euch! Stillgestanden!‘
Fahnenjunker Steiner betrachtete seinen Schützentrupp mit kritischer Verachtung, während die Mitglieder desselben sich mit wenig Elan bemühten, die gewünschte Formation im rutschigen Schnee einzunehmen. Er liebte es seine Untergebenen wie dressierte Meerschweinchen herum turnen zu lassen, aber dieser müde Haufen machte wirklich keinen Spaß!

‚Das gibt es doch nicht, ihr elenden Luschen! Ihr bewegt euch wie bettlägerige Omas! Der ‚Alte Fritz‘ hätte euch dafür spießrutenlaufen lassen! Na endlich!‘
Der Feldherrnblick des Offiziersanwärters ruhte widerwillig auf seinen legendären Legionen, deren vier Mitglieder eine eher nicht lineare Figur einnahmen. Derweil brach an diesem klirrenden Winterabend Anno Domini 1984 allmählich die Dämmerung herein.

‚Bei unserer glorreichen Wehrmacht wäre eine solche Schlamperei nicht vorgekommen. Das waren noch richtige Soldaten: Sauber und ordentlich! Rührt euch!‘
Entrüstet schüttelte der verhinderte Wehrmachtsjunker das stahlhelmbewehrte Haupt.

‚Hört zu ihr Knalltüten! Im Rahmen des Manövers ‚Schmutziger Sachse‘ wird unsere Einheit hier an der äußersten rechten Flanke der 3. Kompanie des Panzergrenadierbataillons 999 die Verteidigung vorbereiten und diese Kampfstände besetzen.‘

Der Nachfahre unzähliger preußischer Drillmeister deutete mit herrischer Geste auf drei elende Löcher, die je mehrere hundert Meter auseinander lagen und deren äußere beiden im schwindenden Licht nur schlecht erkennbar waren. In bonapartistischer Manier fuhr Fahnenjunker mit seiner Ansprache fort.

‚Soldaten, wir sind an der äußersten Flanke der ganzen Division. Das heißt: Die Linie endet hier und nur hier! Rechts von uns steht niemand! Wir sind die letzte Bastion gegen die rote Flut. Ich erwarte, dass die Stellung bis zuletzt gehalten wird!'

Mit einem heroischen Glitzern in den Augen redete sich der Durchhaltespezialist allmählich in Rage.

‚Als Reserve steht unser Schützenpanzer circa 1 km südöstlich im Gotenwald bereit und wird mit seiner 20 Millimeter Kanone potentielle Angriffe feindlicher Infanterie- und Panzereinheiten aufhalten. Ich erwarte, dass jeder Mann bis zum letzten Blutstropfen seine Pflicht tut!'

Berauscht von der eigenen Beredsamkeit entgingen dem heroischen Offiziersanwärter die Mienen seiner wenig begeisterten Untergebenen, deren Ausdruck zwischen Langeweile und völliger Geistesabwesenheit schwankten.

‚Hauptgefreiter Zibulla vortreten!'

Ein recht bullig gebauter Mensch mit dumpfem Blick, dessen grobes und kompaktes Haupt an die Quadratur des Kopfes erinnerte, tat wie ihm sein Meister geheißen.

‚Ich ernenne Sie zu meinem Stellvertreter und vorläufigen Kommandeur dieser Einheit! Zeigen Sie sich dieser großen Verantwortung gewachsen!'

‚Jawohl, Herr Fahnenjunker.'

‚Zurück ins Glied!'

Mit dem erhebenden Gefühl ein großer Feldherr zu sein setzte unser Hannibal seine Befehlskette fort.

‚Ich komme nun zur Truppenaufstellung: Guderian, Sie übernehmen den Westen! Watterott und Buje sind die Hauptkampftruppen im Zentrum. Zibulla, Sie halten den Osten. Ich selber richte meinen Kampfstand im Schützenpanzer ein und koordiniere von dort aus die Gefechtshandlungen. Zibulla, da wir über keine Funkgeräte verfügen, schicken Sie mir einen Melder, wenn Ihre Stellung überrannt wird oder bei sonstigen besonderen Vorkommnissen. Ferner sorgen Sie dafür, dass die Männer Ihre Stellungen beziehen, wenn ich mich gleich in mein Hauptquartier begebe.'

‚Jawohl Herr Fahnenjunker.'

‚Abteilung stillgestanden. Präsentiert das Gewehr.'

Seine Ehrenformation verlassend, bewegte sich das militaristische Wunder in Richtung seines gut beheizten Hauptquartiers, in der Eile vergessend, die nicht eben perfekte Ausführung seiner Befehle gebührend zu honorieren - es war halt zu kalt für unseren abgehärteten Generalfeldmarschall!

Sobald ihr Kommandant auf seinen Weg zum ewigen Ruhm aus dem Gesichtsfeld entfleuchte, hörten Guderian, Watterott und Buje auf, Männchen zu machen. Zibulla hingegen -noch immer in strammer Haltung- ging nun daran, stolz seine kommissarische Kommandogewalt wahrzunehmen.

‚Rührt euch!'

Die überraschten Gesichter seiner drei Kameraden verwirrten den unkomplizierten Geist des Hauptgefreiten.

‚Los Männer, auf geht's in die Schützengräber!'

‚Schützengräben, Du Hirni!'

Watterott betrachtete seinen kommissarischen Herrn und Meister leicht genervt.

‚Und jetzt spiel Dich nicht so auf, sondern verkrümele Dich in Dein Loch.'

Trotz Watterotts eher schmächtigen Statur verschüchterte dessen selbstbewusste Art eine Untertanenseele wie Zibulla zutiefst.

‚Na gut, da will ich mal nicht so sein. Ich gehe in Stellung.'

‚Ja, geh nur!'

Schief lächelnd betrachtete der renitente Untergebene seinen wenig überzeugenden Vorgesetzten bei seinem Abgang. Derweil hatten Guderian und Buje - ersterer unbeteiligt, da gewöhnt an solche Auftritte; letzer erstaunt - die Szene verfolgt.

‚Patrick, ich mache mich mal vom Acker in mein Loch. Du bleibst am besten mit dem Neco zusammen.'

Guderian schickte sich an, seinen Gefechtsstand zu beziehen.

‚Guddi, aber keine Tüte! Wenn Zibulla das mitkriegt, denunziert der Dich bei dem Arschloch und das gibt Riesenärger. Du weißt doch, dass der Typ den Spitzel macht.'

‚Na klar!'

‚Und wir gehen dann mal in das Scheißloch in der Mitte Neco, da ist es zumindest windstill.'

Watterott und der ‚Neco' -eine zu jenen Zeiten gebräuchliche Bezeichnung für Neulinge, die wohl vom englischen ‚Newcomer' abgeleitet wurde- begaben sich wortlos in die etwas geräumigere Grube im Zentrum der bescheidenen Hauptkampflinie. Mittlerweile war die Dämmerung einer bleiernen Dunkelheit gewichen, die Watterott dazu veranlasste, mit seiner Taschenlampe für ein wenig, mit Hilfe eines Filters gedämpfte, Beleuchtung zu sorgen.

‚Sage mal Buje, wie heisst Du eigentlich mit Vornamen?'

‚Harry!'

‚Dann hol mal den Wagen! Oh Mann, da müssen Dich Deine Eltern echt gehasst haben; ich bleibe besser bei Buje.'

‚Wie bist Du eigentlich zu unserem Haufen gekommen? Also Zibulla, der kleine Spitzel, ist ein hoffnungsloser Säufer und wohl der mieseste ‚Uffz-Anwärter' aller Zeiten. Zumindest war er das, bevor er mehrmals die Unteroffiziersprüfung versemmelte. Ist ein 12-Ender und wird wohl noch seine letzten 8 Jahre als Hauptgefreiter abreißen. Guddi ist ein kleiner Junkie! Nicht Hardcore, aber der raucht so ziemlich alles. Ich habe die Tochter meines ehemaligen Kompaniechefs gepoppt, das hat natürlich diesem Affenarsch gar nicht gefallen. Also sag schon, wie bist Du hier gelandet?'

‚Ich habe Oberstleutnant von Hohenlohe ausgelacht.'

‚Den Bataillonskommandeur? Das musst Du mir aber jetzt genauer erklären!'

‚Na ja, ich musste mal wieder ne Extrawache schieben, weil Gruppenführer Bromann meine Stiefel nicht hell genug geleuchtet haben. Jedenfalls haben wir gerade unsere Runde gedreht, als wir gerade am Wachlokal vorbeikamen und Hohenlohe samt Adlatus herausgestürzt kamen. Der Wichtel hat wohl wieder eine seiner Überraschungsparties geschmissen und dieses Mal traf es wohl uns. Jedenfalls machte der dann einen Hellraise sondergleichen, vonwegen schlampiger Kleidung und einer dem Wachdienst unangemessene Haltung; wir sind dem wohl nicht wachsam genug durch die Botanik gestapft. Normalerweise spiele ich den ‚braven Soldaten Schwejk‘ für diese arroganten Quadratschädel, aber als ich das Männeken mit seiner quäkenden Stimme so durch die Gegend hüpfen sah, fühlte ich mich gleichzeitig an einen wütenden Vorgartenzwerg und Rumpelstilzchen erinnert. Ich hielt es nicht mehr aus und habe einen Lachanfall bekommen. Das Ende vom Lied war, dass sie mich zum Panzergrenadier degradierten und mich hierher versetzten.‘

‚Ne üble Sache. Aber wenn es Dich beruhigt, egal was Du jetzt noch machst, zu ner mieseren Truppe können die Dich nicht mehr verschicken.‘

Zufällig richtete Buje seinen Blick in Richtung Westfront und bemerkte dort einen kleinen, aber sehr deutlich erkennbaren, roten Punkt.

‚Sieht so aus, als ob Guderian gerade etwas rauchen würde.‘

Ärgerlich nahm Watterott das vermutete Geschehen in Augenschein.

‚Verdammter Idiot, der Typ kifft bestimmt schon wieder. Hoffentlich ist Zibulla schon so dicht, dass er nichts mehr mitkriegt. Ich schau mal nach. Bleib Du hier und lenkst unseren Judas ab, falls der auftauchen sollte.'

Flugs krabbelte der besorgte Kamerad aus der gewaltigen Befestigungsanlage und bewegte sich vorsichtig, aber stetig, auf die vermutete Drogenhöhle zu. Buje ließ seinen Blick zwischenzeitlich Ost und West schweifen, als nach einigen Minuten ein seltsames und für ihn verwirrendes Ereignis eintrat. Aus dem Dunkeln hörte der Beobachter einen leichten Aufprall, der in Verbindung mit leisem Fluchen auf einen Stolperer Watterotts hindeutete, während er gleichzeitig aus den Augenwinkeln eine Lichterscheinung über Guderians Gefechtsstand wahrnahm. Als nun der Panzergrenadier seine volle Aufmerksamkeit auf Guddis Wirkungsstätte richtete, begrüßte ihn von dort nur noch die Dunkelheit. Leicht konfus wartete der Zurückgebliebene ab, bis nach einer guten Viertelstunde sein Compagnon zurückkehrte.

‚Er ist weg, verdammt. Ich habe die unmittelbare Umgebung durchsucht. Der ist auch nicht pissen.'

‚Hast Du auch das seltsame Licht bemerkt?'

‚Welches Licht? Du ziehst Dir doch nicht auch was rein? Jedenfalls haben wir keine Zeit für Spinnereien! Wenn unser Drogenbaron hier durch die Wälder irrt, ist der bis morgen tiefgefroren. Wegen dem Denunzianten habe ich mich nicht getraut, seinen Namen laut zu rufen. Ist zwar blöd, aber wir müssen jetzt schnell diesen verdammten Zibulla holen, um vernünftig suchen zu können!'

Der so Titulierte genehmigte sich gerade den dritten kräftigen Schluck aus seiner mit Jägermeister gefüllten

Feldflasche, als sein fröhliches Gelage durch die zwei ungebetenen Besucher jäh gestört wurde.

‚Du bist doch nicht etwa voll Zibulla?'

Voll gerechter Empörung blitzte das angeheiterte Haupt aller Gefreiten Watterott an.

‚Wat isch? Isch bin so wat von nüchtern!'

‚Dann komm mal aus Deinem kleinen Loch hervor, ich muss mit Dir reden!'

Umständlich kletterte der Stellvertreter des Schützentruppführers aus seiner übel riechenden Grube hervor.

‚Wat is denn?'

‚Hör zu! Guderian ist wohl beim pinkeln vom Weg abgekommen und muss sich verirrt haben. Wir drei sollten das auf dem kleinen Dienstweg lösen und gemeinsam nach Guddi suchen; erspart uns allen Ärger.'

‚Kommt nischt inne Tüte, isch bin Führer hier. Buje Du gehst auf melden. Wir warten hier aufen Fahnenjunker.'

‚Also gut Addolf! Du denunzierst uns ja sowieso, da schadet es auch nicht, Deinen Herrn und Gebieter zu holen. Buje, sei so gut und informiere unseren wundervollen Anführer. Ich fürchte, wenn wir Zibulla losschicken, findet der den Weg nicht und wir müssen zwei weiße Wanderer suchen. Ich fange schon einmal an, mit Zibulla die Gegend abzuklappern. Zumindest scheint der noch gerade stehen zu können.'

‚Isch will ma nich so sein, so machen wa dat!'

Mit gewohntem Durchsetzungsvermögen unterwarf sich der befehlsgewohnte Hauptgefreite den durchaus vernünftigen Anordnungen seines Untergebenen.

Inzwischen machte sich Buje kommentarlos auf den Weg zur strategischen Schützenpanzerreserve.

‚Also hopp Zibulla! Wartest Du auf Weihnachten! Lass die Hosen wackeln!'

Der Suchtrupp machte sich zielstrebig, wenn auch zu einer Hälfte leicht schwankend, auf den Weg.

Einige Zeit vor dem Aufbruch der Rettungsexpedition unterhielten der Obergefreite Franz Knoddelhuber und Stabsunteroffizier Erwin Lommer, dessen jüngerer Bruder mit seinem Untergebenen intim befreundet war, munter im Inneren ihres heruntergekommenen Schützenpanzers.

‚..und als unsere Gurke mal wieder wegen Motorschadens in der ‚Inst' war, mussten wir Richtschützen ja auf Anordnung von Fatzo persönlich mit dem Schützentrupp Gräben ausheben und das bei 20 Grad minus.'

Breit grinsend unterbrach der Panzerkommandant seinen Untergebenen.

‚Obergefreiter Knoddelhuber, das habe ich überhört. Ich möchte auch nicht, dass man Hauptmann German Höring beispielsweise ‚Fette Sau' (vom Redner betont) oder ‚Schweinsgesicht' (auch betont) nennt! Aber rede weiter!'

‚Also dieser Fatzke kommt vorbei und starrt mich an wie die Schlange das Kaninchen. Dann fängt der an, mich vollzulabern: Er hätte sich gerade die Zunge am heißen Kaffee verbrannt und ähnlichen Mist. Dann kam aber der Hammer. Glotzt der Typ mich doch mitleidig an und meint dann: ‚Auch die Herren Richtschützen müssen irgendwann ins Gelände und nicht nur ihr armen Schweine vom Schützentrupp!' Hat es gesagt und war schneller weg, als ich meinen vor Erstaunen geöffneten Mund wieder schließen konnte. Bei dem Typen überkommt mich manchmal das große Kotzen.'

‚Das ist ja noch gar nichts, im Vergleich zu von Hohenlohe. Also Franz, dieser zu kurz geratene Choleriker hat definitiv einen Napoleonskomplex. Ich habe ihn beim letzten Bataillonsappell dabei beobachten können, wie er seine Hand in bewusster Pose zwischen die Knöpfe seiner Uniformjacke schob. Außerdem redet der zunehmend in der dritten Person, so wie Julius Caesar.'

Lommer nahm die übliche, leicht wippende Pose seines Bataillonskommandanten ein und versuchte dessen schrille Stimme zu parodieren.

‚Wenn der Oberstleutnant befiehlt den Hügel zu halten, dann hat das Bataillon bis zum letzten Mann und bis zur letzten Patrone zu kämpfen, während der Obstleutnant Verstärkung holt…'

Ein lautes Pochen gegen die Heckklappe unterbrach jäh die künstlerische Darbietung. Knoddelhuber blickte mit einer unguten Vorahnung zum Eingang des gut beheizten Mannschaftsraums, in dem er es sich mit seinem jovialen Vorgesetzten gemütlich gemacht hatte und öffnete diesen. Herein gestolpert kam der vor Kälte zitternder Fahnenjunker.

‚Steiner, was zum Teufel hast Du denn hier zu suchen?'

Ein warnender Blick des Richtschützen ließ den Panzerkommandanten sich besinnen.

‚Na dann setz Dich mal zu uns! Was gibst?'

Der Angesprochene jedoch konzentrierte seine Aufmerksamkeit zunächst auf Knoddelhuber.

‚Obergefreiter, stillgestanden. Was ist das für eine unvorschriftsmäßige Haltung, wenn ein Vorgesetzter den Raum betritt. Hopp, 120 Liegestütze!'

‚Moment Steiner. Knoddelhuber, Sie müssen die Einsatzbereitschaft unserer schweren Artillerie überprüfen und die Panzerketten ölen. Treten Sie jetzt ab. Ihre Bestrafung übernehme ich später persönlich.'

Der Obergefreite beeilte sich aus der Reichweite des personifizierten Sturmgeschützes bundesdeutschen Militarismus zu kommen. Als dieser vorläufig seinem Zugriff entronnen war, aktivierte der Fahnenjunker umgehend den Verschlussmechanismus der Heckklappe.

‚Verdammt kalt, was Steiner?'

‚Einem deutschen Soldaten kann Kälte nichts ausmachen. Ich bin nur hier, um das Gefecht von hier aus zu leiten; wegen des strategischen Überblicks. Als eher unbedarften Unteroffiziersdienstgrad mag Ihnen das fremd sein. Derartiges erlernt man durch intensives Studium der Militärphilosophie! Vorallendingen, wenn man die Werke des großen Samuraiführers Sun Tzu studiert. Der sagte schon im Mittelalter: ‚Der Krieg ist Vater aller Dinge.' Verstehen Sie wohl nicht, aber Sie können nichts dafür. Dafür bin ich ja ein angehender Offizier.'

‚Ich erblasse förmlich vor Ihrem Wissen. Ich dachte doch wirklich, den Spruch hätte so ein oller Grieche namens Heraklid abgelassen und dass es im antiken China Samurai gegeben haben soll, ist mir auch völlig neu.'

‚Sehen Sie Lommer, man lernt nie aus…blabla….'

Hier kürze ich leserschonend ab, da die folgende Konversation, die zu wesentlichen Teilen aus den vermeintlichen Vorzügen der glorreichen Wehrmacht, dümmlichen Sprüchen, militärischem Unwissen und den nicht verstandenen, sarkastischen Einwürfen Lommers bestand. Steigen wir also wieder ein, als einige Zeit später ein erneutes Klopfen, den überaus geistreichen Dialog unterbrach.

‚Was ist denn jetzt schon wieder?‘

Lommer, der kurz vor einem Mord stand und vermutlich aus mildernden Umständen freigesprochen worden wäre, atmete erleichtert auf.

‚Am besten, Steiner, Du machst mal auf.‘

Unwillig, weil die behagliche Wärme zu entweichen drohte, öffnete der geschmeidige Redner die Pforte zu Winterbundeswehrwunderwelt. Davor stand Buje, der es eilig hatte, seine Meldung hinter sich zu bringen.

‚Herr Fahnenjunker, Sie müssen mitkommen. Der Gefreite Guderian ist verschwunden.‘

‚Was ist das für eine ungeheuerliche Sauerei! Nehmen Sie gefälligst Haltung an, Sie Saukerl und machen Sie eine vernünftige Meldung. In der Wehrmacht gab es kein so mieses Menschenmaterial! Stillgestanden. 300 Liegestütze, hopp, hopp.‘

Der Stabsunteroffizier fühlte sich angesichts der Tatsache, dass der humanistisch gesinnte Offiziersanwärter kurz davor war durchzuknallen, bemüßigt einzugreifen.

‚Überlassen Sie den Mann mir, Steiner. Ich werde ihn schon disziplinieren. Als Unteroffizier bin ich ja eher der Mann fürs Grobe.‘

Derweil hatte sich der tödlich beleidigte Menschenführer leidlich beruhigt.

‚Stimmt Lommer, für niedere Disziplinarmaßnahmen sind Sie schon eher geeignet. Der Kerl gehört Ihnen!'

‚Zu gütig, Herr Fahnenjunker. Also Buje, reden Sie.'

Eingeschüchtert gab der kleine Rebell seine Version des wundersamen Verschwindens Guderians wieder.

‚Deshalb kommen Sie zu mir? Weil der kleine Kacker vermutlich im Wald eine Wurst legt! Zibulla wird das schon richten! Und nun zur Bestrafung Lommer!'

‚Ich fürchte Herr Fahnenjunker, dass Sie sich schon um Ihre Männer kümmern sollten. Außerdem ist mein Dienstgrad Stabsunteroffizier.'

‚Sie haben mir nicht zu befehlen, wie ich meine Truppen führe, Herr Stabsunteroffizier!'

‚Natürlich nicht, Herr Fahnenjunker. Aber ich glaube nicht, dass es Ihr Onkel gutheißen wird, wenn einem Ihrer Männer ernstlich etwas passiert. Schließlich fürchtet unser Oberstleutnant schlechte Presse mehr als der Teufel das Weihwasser!'

Der Hinweis auf seinen bisher wohlgesonnenen Verwandten bewog den unwilligen Offiziersanwärter seinen Entschluss nochmals zu überdenken.

‚Warum muss ich immer alles alleine machen. Also gut. Buje: Sie machen jetzt 400 Liegestütze in der Schneewehe da. Marsch, marsch. Ich werde jetzt zu meinen Truppen gehen und für soldatische Ordnung sorgen. Wenn ich zurück bin, habe ich meinem Onkel einiges über Ihr Verhalten zu berichten Lommer!'

Nassforsch schritt der gewaltige Kriegsmann seinem Schicksal entgegen.

‚Das Du der Hackfresse nicht schon längst den Marsch geblasen hast, wundert mich!'

Knoddelhuber - unfreiwilliger Zeuge der Szene - konnte sich eines Kommentars nicht enthalten.

‚Wenn dieser Hitlerjunge nicht Hohenlohes Neffe wäre, hätte ich dem vermutlich schon im stillen Kämmerlein eine reingehauen. Buje: Hören Sie mit den Faxen auf. Gehen Sie in den Schützenpanzer und wärmen Sie sich auf, bevor dieser Nazi-Jungen-Junker Sie wieder in die Krallen bekommt…'

Steiner erreichte die leeren Stellungen seiner bescheidenen Truppe eine gute Viertelstunde später. Von seinen bedauernswerten Untergebenen fand sich keine Spur, obwohl er im Kommandoton die auswendig gelernten Sprüche in den Wald schrie. Waren diese Bastarde trotz seiner kompetenten und menschenfreundlichen Führung etwa gemeinschaftlich desertiert? Zuzutrauen wäre es Ihnen! Da lobte er sich doch die Wehrmacht, dort gab es keinen Defätismus. In solch tiefgründigen Gedanken versunken, bemerkte er erst spät das fliegende Objekt, das circa 10 Meter über seinem teutonischen Schädel starr in der Luft stand. Ihm fiel auf, dass das Teil Ähnlichkeit mit einem Kinderkreisel besaß und ungefähr so groß, wie ein kleiner Hubschrauber war – für die Kenner unter uns: So zwischen R22 und BO105! Eine Teufelei der Sowjets? Seine Gedanken brachen ab, als ihn ein blaues Licht, das von dem Objekt ausging, erfasste.

Guderian erwachte auf einer blauen Wiese und blickte einem rosa Einhorn in die lächelnden Augen. Was für ein Wahnsinnstrip, dabei hatte er sich doch nur einen einzigen

Joint reingezogen. Als er sich allmählich erhob, fiel ihm die Sache mit dem blauen List wieder ein; diese Erinnerung währte aber nicht lange. Selig lächelnd sah er die Ecstasy-Sträucher und die gigantischen Joint-Pflanzen an. Da wusste er: Dies war das Land hinter dem Regenbogen, wo das Gras auf den Bäumen wuchs. Dort, wo er hingehörte…

Zibulla erwachte im Bett seiner eigenen Kasernenstube. Warum war er eigentlich nicht im Wald und was war das für ein komisches Licht, indem er und Watterott plötzlich badeten? Dann fiel ihm ein, wer er eigentlich war: Nachdem er eine tolle Karriere durch die Unteroffiziersdienstgrade durchlaufen hatte, beförderte Oberstleutnant Hohenlohe ihn höchstselbst zum Haupt- und Kompaniefeldwebel seiner persönlichen Leibgarde; alle respektierten und fürchteten ihn. Als sein Blick auch noch auf seine umfangreichen Spirituosenvorräte fiel, lächelte Zibulla selig….

Watterott erwachte schweißgebadete in seinem Luxusbett neben dem Topmodel, das sich ihm gestern an den Hals geworfen hatte. Seit er den Jackpot gewonnen hatte, war er der Koi im großen Karpfenteich. Was war das nur ein unmöglicher Traum: Er beim Bund als voll der Loser! Er beschloss das Model für eine weitere Runde zu wecken..

Ein Fußtritt in die Seite weckte Steiner auf unangenehme Weise.

‚Aufstehen Soldat, Zeit für den Angriff.‘

Als er die Augen öffnete, bot sich ihm der Anblick eines unrasierten Unteroffiziers in ebenso zerlumpten wie verdreckten Wehrmachtsuniform.

‚Wo ist das UFO? Wo bin ich nur und was ist das für eine Ruine?‘

‚Du willst mich wohl verarschen Schütze Steiner. Wir sind noch immer in Stalingrad, eingekesselt und völlig im Arsch! Und nun auf zum fröhlichen Krepieren. In der Hölle haben Sie schon einen Platz für Dich reserviert‘…

Steiner verlor im Gegensatz zu seinen ehemaligen Untergebenen nicht das Gedächtnis. Er befand sich nicht unter jenen, die auf Geheiß Ihrer unmenschlichen Herren an der Wolga elendiglich verreckten, sondern ging in sowjetische Kriegsgefangenschaft; zu den Wenigen, die zurückkamen, gehörte er aber auch nicht.

Also Freunde, bedenkt gut, was ihr euch wünscht, denn es könnte in Erfüllung gehen.

Bullshit Bingo Part IV

In der Nacht zum 31. September wurde in Rübenhausen im Kreis Schweinewalde in Mecklenburg eine für die esoterische Naturkunde und Kryptozoologie bahnbrechende Entdeckung gemacht. Der arbeitssuchende Scherenschleifer Sebastian Semmler alias ‚der Druide von Tingeltangel' entdeckte im nächtlichen Märchenwald ein circa 3 Meter großes, unbekanntes Affenwesen! Nach genauerer Analyse der Beschreibung der Kreatur in den sozialen Medien wurde ein versprengter PEGIDA-Anhänger ausgeschlossen und zweifelsfrei festgestellt, dass es sich nur um den legendären Affenmenschen handeln konnte, der im anglo-amerikanischen Bereich als ‚Bigfoot' bezeichnet wird. Herr Semmler hatte sich zuvor nach eigener Aussage mit Hilfe von zwei Flaschen einer beliebten, lokalen Kornmarke in Trance versetzt, um in druidischer Manier Einblicke in die ‚Anderswelt' zu erhalten und besonders heilkräftige Kräuter finden zu können. In leicht torkelndem und zauberkräftigem Kurs, da den schlingernden Planetenbewegungen angepasst, suchte der verwunschene Druide wohl gerade nach der legendären, goldenen Mistel, als die Begegnung der seltsamen Art stattfand. Durch dumpfe, tierische Laute und Gekeuche aufmerksam gemacht, beobachte Herr Semmler das Wesen aus einer anderen Welt wohl dabei, wie es sich in einem Blätterhaufen suhlte. Nach des Naturheiligen Aussage sah es fast so aus, als wenn die Kreatur aus zwei, aufeinanderliegenden Körpern bestand; eine bahnbrechende Erkenntnis in der bisherigen ‚Bigfoot-

Forschung'! Als der mutige Druide sich dem windenden Affenmenschen näherte und magische Tierlaute zur Verständigung von sich gab, wurde er von der Kreatur mittels eines Steinwurfs angegriffen.

,Es schien so, als ob sich ein Körper vom anderen lösen und etwas suchen würde. Mit Entsetzen musste ich feststellen, dass unsere Sprache beherrschte! Es schrie im sächsischen Dialekt: ,Schon wieder so ein Scheißspanner.' Dann griff es mich an und ich rannte um mein Leben!'

So schilderte es uns der völlig verstörte Druide von Tingeltangel. Nach Aussage des Experten für Kryptozoologie, Peter Schnackenfreund, hauptberuflich örtlicher Kammerjäger, beweist uns die verstörende Entdeckung Herrn Semmlers unzweifelhaft, die Existenz einer europäischen Abart des ,Bigfoot', die aber durch zunehmende Zivilisationseinflüsse wohl einen degenerativen Prozess durchlaufen hat.

Story VII: Gerechtigkeit

‚Das größte Schwein im Land ist der Denunziant.' Ohne Zweifel entbehrt diese Volksweisheit nicht eines gewissen Wahrheitsgehalts. Was meint ihr wohl Freunde, wie es den Bluthunden von GESTAPO und STASI möglich war, die Tyrannis ihrer Herren mit derartiger Totalität aufrechtzuerhalten? Da waren doch die vielen kleinen, schmierigen Helferlein, die aus Habgier, Neid oder nicht nachvollziehbaren Motiven dem Staate missliebige Personen ans Messer lieferten. Nichtsdestotrotz verwenden munter bundesdeutsche Behörden auch gerne dieses probate Hilfsmittel, um ihre Ziele, seien sie nun mit den bestehenden Gesetzen kompatibel oder nicht, durchzusetzen. In unserem Falle hieß das Opfer derartiger übler Machenschaften Katharina Henot - eine mittelalterliche Dame von freundlichem und natürlichem Wesen. Zu ihrem außerordentlichen Nachteil gab es aber übelwollende Zeitgenossen, die ihr aus egoistischen Motiven Schaden zufügen wollten. Das war in jener Hinsicht bemerkenswert, da vielfach solch feige Taten keines wirklichen Grundes bedürfen und oft nur einer gewissen menschlichen Bösartigkeit entspringen. Da Frau Henot auch noch zu den Schwächsten der Gesellschaft ohne nennenswerte Lobby gehörte, bekam sie denn auch die volle Härte des legendären Rechtsstaates zu spüren. Wir sollten vielleicht dazu noch bemerken, dass Katharina 20 Jahre ihres Lebens in der Altenpflege tätig war und infolge der überaus humanen Arbeitsbedingungen dort, flankiert mit ihrem ehrlichen Engagement, ihre

Gesundheit gründlich ruinierte. Aus reiner Nächstenliebe beschloss ihr -sagen wir einmal klerikaler- Arbeitgeber, eine solch unpassende Mitarbeiterin mit dem allseits beliebten Mittel des Mobbings zu entsorgen wie ein Stück Haushaltsmüll. Wie in der Praxis allgemein üblich, gelang das edle Vorhaben ihres sowohl frommen wie auch von einer besonderen Sozialethik geprägten Arbeitsgebers auch zur Gänze, sodass das unglückliche Opfer dieses Unterfangens, dem Arbeitsmarkt wieder voll zur Verfügung stand. Dummerweise gelang es der physisch und psychisch lädierten Arbeitssuchenden in der Folgezeit trotz eifriger Bemühungen nicht, eine von diesen äußerst Idealismus bedürftigen Anstellungen mit einem Lohnniveau, das sich eher gegen Gotteslohn orientierte, bei ähnlich humanistisch strukturierten Institutionen zu finden. Wie weitgehend empirisch für in Not geratene Singles belegt, endete die Reise bei der Suppenküche, die man gewöhnlich in der BRD als Hartz IV bezeichnet. Hier sei ergänzend erwähnt, dass die volle Fürsorge des Staates hauptsächlich eher ehrliche und wirklich bedürftige Leute traf, da das durchdachte Sozialsystem für gesunde und betrügerisch eingestellte Zeitgenossen zahlreiche Möglichkeiten der Leistungserschleichung bot. So sah nun die Situation für unsere ehemalige Altenpflegerin aus, als aufgrund der anonymen Anzeige sich der erfahrene Sozialermittler Frederique Insistorius -von seinen sensiblen Kollegen auch liebevoll ‚Asi-Jäger' genannt-dem Fall mit dem ihm eigenen Elan widmete. Unser Philip Marlowe stand nun im Konfirmandenanzug und hornmäßig bebrillt mit seinem schweinsledernen

Aktenköfferchen vor der Tür der Villa von Agrippina Medea, der standesbewussten Vermieterin des Subjekts seiner Inquisitionen. Mit einem energischen Knopfdruck betätigte der eifrige Oberamtmann die Türklingel.

Nach einiger Zeit ertönte eine wohltönende, männliche Stimme aus der aufwendigen Gegensprechanlage.

‚Treten Sie bitte zwei Schritte zurück, damit ich Sie besser sehen kann.'

Der Angesprochene tat wie ihm geheißen, verlor aber dabei fast das Gleichgewicht, da er sich in bedenklicher Weise dem oberen Treppenabsatz näherte. Nach einem kurzen, aber sehr kultivierten, Lachen fuhr die gepflegte Stimme aus dem Äther fort.

‚Betteln und hausieren sind hier verboten. Nun entfernen Sie sich vom Grundstück oder ich lasse Sie von der Polizei aufgreifen!'

Die missverstandene Beamtenseele beeilte sich, Licht ins Dunkel zu bringen.

‚Entschuldigen Sie bitte, Oberamtmann Insistorius. Ich habe einen Termin mit Frau Medea.'

‚Ach der Fuzzy, äh Herr, vom Sozialamt. Warten Sie bitte eine Minute, ich lasse Sie gleich herein.'

Nach einer guten Viertelstunde öffnete ein äußerst attraktiver Mittdreißiger in einem geschmackvollen Markenanzug das gut gehütete Portal. Das Outfit des dynamischen Sozialermittlers mit einem despektierlichen Grinsen musternd, gewährte der Torwächter gnädig Einlass.

‚Kommen Sie guter Mann! Ich bringe Sie ins Arbeitszimmer, folgen Sie mir einfach.'

Nach einiger Zeit betrat das ungleiche Paar eine mit Marmor geflieste Örtlichkeit, die von einem reich verzierten Schreibtisch nebst Stuhl im Empirestil dominiert wurde. In einigem Abstand dazu befanden sich einige schlichte Holzstühle, die als Sitzmöbel für etwaige Bittsteller und Klienten dienten.

‚Bitte setzen Sie sich da hin, guter Mann. Meine Frau kommt sofort.'

Unser Vorstadt-Adonis vollführte mit ausgewählter Ironie eine einladende Geste. So viel Großmut nicht widerstehen könnend, platzierte sich der flexible Staatsdiener zur schlecht verborgenen Erheiterung seines Gastgebers umständlich auf dem wohl bescheidensten Exemplar der spartanischen Gästemöblierung.

‚Ich verlasse Sie jetzt, guter Mann! Ich möchte Sie jedoch darauf aufmerksam machen, nichts anzufassen oder versehentlich Wertgegenstände in Ihren Taschen zu deponieren; dieser Raum wird videoüberwacht!'

Während der nächsten halben Stunde harrte der tapfere Sozialermittler mit seinem breiten Gesäß auf seiner bescheidenen Sitzgelegenheit aus, um dann den imposanten Einzug der Herrin des Hauses beizuwohnen. Beim Anblick der ersehnten Zielperson, einer recht agilen Dame, deren unscheinbares Äußeres auf ein Alter von knapp über 60 Jahren schließen ließ, erhob sich Insistorius wie ein kleines Springteufelchen und reckte zum Gruße seine rechte Hand.

‚Sehr erfreut, gnädige Frau. Oberamtmann Insistorius, zu Ihren Diensten.'

Die vornehme Hausdame wiederum schenkte unserem Mann ein belustigtes Upper-Class-Lächeln - jenem Ausdruck von unendlicher Herablassung gemischt mit einer Spur Mitleid - seine ausgestreckte Hand geflissentlich übersehend und verbrachte ihren Körper recht majestätisch hinter den exquisiten Schreibtisch. Der höchlich erstaunten Beamtenseele nur geringe Beachtung schenkend, betätigte sie das interne Kommunikationssystem.

‚Paris, bitte eine Kännchen Kaffee mit Milch und Zucker.'

‚Jawohl, mein geliebter Schatz.'

Huldvoll wandte sich Medea dem immer noch stehenden Apparatschik zu.

‚Na setzen Sie sich doch, Sie Regierungsrat.'

Unser Sozialbetrugsexperte hatte sich derweil einigermaßen gefangen und beeilte sich der Anweisung Folge zu leisten.

‚Vielen Dank Frau Medea. Für mich aber bitte keinen Kaffee. Würde es Ihnen etwas ausmachen, mir einen Tee zu bestellen?'

Den Wunsch des geschätzten Gastes ignorierend, fuhr die Grande Dame fort.

‚Kommen wir zu Sache, mein Lieber. Sie haben mir ja schon am Telefon verraten, dass Sie wegen dieser Henot kommen! In der Angelegenheit verbindet uns quasi ein gemeinsames Interesse. Also wie kann ich Ihnen helfen?'

Der Ermittler hob gerade zu einer Antwort an, als die bessere Hälfte der aristokratischen Vermieterin eintrat und das gewünschte Gedeck professionell auf dem Schreibtisch servierte. Der getreue Ehemann füllte routiniert die dazugehörige edle Tasse mit einem liebevollen Lächeln, das gewöhnlich bei erfahrenen Gigolos durch ein hohes Trinkgeld für geleistete ausgelöst wurde.

‚Danke Paris, Du kannst gehen!'

‚Ich bin immer für Dich da, meine Zuckermaus!'

Mit einem leicht sardonischen Gesichtsausdruck entließ Medea endgültig den geliebten Gefährten mittels einer lässigen Handbewegung.

‚Also Insistorius, reden Sie.'

‚Jawohl! Also Frau Henot wird verdächtigt, Sozialbetrug im großen Maßstab zu betreiben. Auf Basis eines anonymen Hinweises haben wir den berechtigten Verdacht, dass sie sich hauptsächlich bei einem bisher unbekannten Freund aufhält und damit dort auch ihren Hauptwohnsitz hat. Das ist eine eklatante Erschleichung von Sozialleistungen, die nicht geduldet werden kann. Schlimm genug, dass sich die Dame wegen angeblicher körperlicher und geistiger Gebrechen vor einer geregelten Tätigkeit drückt. Wir mussten hier bereits Leistungen kürzen, weil die nicht in der Lage war, aufgrund angeblicher Behinderungen eine Hilfsarbeitertätigkeit als Industrieschweine- und Rinderhälftenpackerin bei einem Schlachthof in der Nähe anzutreten, dabei ist der bequem innerhalb von einer Stunde mit dem Auto erreichbar, und diese faule Sozialbetrügerin hätte nur dreimal mit öffentlichen Verkehrsmitteln umsteigen müssen! Außerdem ist so ein Job gut für die Kondition und besser als manches Bodybuildingstudio. Angeblich ist die Henot auch zu krank, um Amtsarzttermine hinsichtlich ihrer angeblichen Berufsunfähigkeit wahrzunehmen; wegen diesen läppischen 150 Kilometern. Von Ihnen, gnädige Frau, erhoffe ich mir entscheidende Informationen, um dieser Betrügerin endgültig das Handwerk legen zu können.'

‚Ihre Haltung gefällt mir Insistorius. Die Frau ist wirklich untragbar für mein ehrenwertes Haus! Leute aus einem aus einem niederen sozialen Milieu passen einfach nicht in eine bürgerliche Umgebung, auch wenn regelmäßig Miete und Nebenkosten gezahlt werden. Dabei gibt es ja so viele notleidende Besserverdiener, die Dank der ausgezeichneten Konjunktur auch exorbitante Preise für eine räumlich restringierte Eigentumswohnung von 58 qm zahlen würden. Ich unterstütze Sie natürlich, einen derartig ungeheuerlichen Betrug aufzudecken.'.

Agrippina lächelte kapriziös.

‚Ich empfehle Ihnen, sich mit Herrn Diddi Heinrichs in Verbindung zu setzen. Der wird Ihnen so einige interessante Geschichten erzählen können. Herr Heinrichs arbeitet für mich als Hausmeister und ist Nachbar Ihrer Kleinkriminellen. Mein Angestellter weiß zwar Anonymität durchaus zu schätzen, aber falls Sie eine schriftliche Aussage benötigen, werde ich das anweisen; sie dürfen ihm dann auch gerne bei den nötigen Formulierungen helfen.'

Bei so viel Kooperationsbereitschaft ging unserem staatlichen Jäger förmlich das Herz auf.

‚Herzlichen Dank, gnädige Frau! Jeder sollte seine staatsbürgerliche Pflicht, die bei Ihnen noch mit sozialer Kompetenz gepaart ist, so vorbildlich erfüllen wie Sie!'

‚Schon gut Amtmännchen. Sie können Heinrichs sofort aufzusuchen. Ich werde über sein Diensthandy anordnen, dass er für Sie bereitsteht. Diese Sache sollte jetzt schnell vom Tisch sein.‘

‚Selbstverständlich, gnädige Frau!‘

Die Stimme des würdigen Staatsmannes tropfte förmlich vor Untertänigkeit. Zufrieden bemühte die charmante Gastgeberin das interne Kommunikationssystem.

‚Paris komm sofort her und geleite unser verhindertes Regierungsrätchen hinaus.‘

‚Dein Wunsch ist mir Befehl meine Zuckerschnecke!‘

In weniger als einer Minute nachdem er die Stimme seiner Herrin vernahm, stand denn auch der Gerufene dienstbereit zur Verfügung. Derweil erhob sich mit leicht steifen Gliedern der viel geehrte Gast und lächelte die Dame des Hauses selig an.

‚Ich möchte mich nun verabschieden und ausdrücklich betonen, dass es mir eine außerordentliche Ehre war, eine so kultivierte Dame wie Sie, gnädige Frau, kennen lernen zu dürfen!‘

Indes fanden die Bemühungen des servilen Beamten keine rechte Beachtung, da Medea ihre bessere Hälfte mit Basiliskenblick ansah und sich ihr liebliches Gesicht allmählich rot verfärbte.

‚Wie kannst Du es wagen, so vor mir zu erscheinen? Komm her!‘

Die wutbebende Stimme der liebenden Ehefrau ließ Paris furchtsam zusammenfahren. Obendrein bemerkte dieser, dass der unterste Knopf seine Jacketts offenstand.

Verzweifelt warf er einen Blick auf den völlig konsternierten Sozialermittler.

‚Besser Sie gehen jetzt, manchmal trifft es auch Unbeteiligte.'

‚Kommst Du jetzt her. Ich zähle bis drei: Eins..'

Der Herr des Hauses fügte sich in sein Schicksal und erhielt darauf prompt eine schallende Ohrfeige; aber das war nur die Ouvertüre. Das couragierte Oberamtmännchen beeilte nun sich den Raum zu verlassen, während Medea ihren geliebten Partner mit Faustschlägen und Fußtritten weiter züchtigte.

Später am Tage wurde unsere Zierde der bundesdeutschen Beamtenschaft bereits am Eingang des maroden Hochhauses von Diddi Heinrichs abgefangen.

‚Sind Sie Herr Obermann Intorios?'

Abschätzig betrachtete der Angesprochene die ungepflegte Gestalt in einem leicht verschmutzten Trainingsanzug der Marke ‚Aldidas'.

‚Bin ich in der Tat Oberamtmann Insistorius, wer will das wissen?'

Ob der schnarrenden Stimme des Staatsdieners verschüchtert, strich der korpulente Meister des Hauses nervös über seinen kahlen Schädel.

‚Diddi Heinrichs mein Name, Herr Oberst! Bin Hausmeister! Chefin hat mich aufgetragen, Ihnen helfen zu tun gegen Henot.'

‚Ja gut Herr Heinrichs. Wir sollten das aber nicht auf der Straße erledigen. Wir reden besser in Ihrer Wohnung. Sie gehen voran, wenn ich bitten dürfte!'

Gemeinsam betraten beide den wohlriechenden Hausflur, der nach einer seltenen aber intensiven Note des Geruchstoffes ‚eau de pisse' duftete. In dieser Hinsicht ließ sich natürlich auch trefflich disputieren, ob nun Diddis exkrementartiger Eigengeruch nicht doch den Urinhauch übertraf.

‚Das ist ja widerlich, dauert das noch lange?'

‚Herr Obstler müssen entschuldigen tun, sind schon da. Ist nämlich Erdgeschoss. Gestank ist übel, aber Chefin lässt putzen von eigene Firma zwei Stunden einmal in Monat; kostete ordentlich für Mieter! Bitte eintreten.'

Unser rühriger Sozialermittler hätte sich nicht vorzustellen vermocht, dass das vorherige Sinneserlebnis noch übertroffen werden konnte, aber der ihm entgegenwehende Pesthauch überzeugte ihn leicht vom Gegenteil. Ansonsten vermittelte des Blockwarts trautes Heim einen höchst eindrucksvollen Anblick, der Casting Teams privater Sender auf der Suche nach tragischen Fällen fortschreitender Vermüllung vermutlich in helle Begeisterung versetzt hätte.

‚Äh, Herr Heinrichs, wir setzen das Gespräch doch lieber auf der Straße fort.'

Von einem akuten Würgereiz geplagt und fluchtartig begab unser dynamischer Beamter – Freunde ihr seht, ich liebe Widersprüche- entschlossen in Richtung Ausgang.

‚Wie meinen. Ist ja in frischer Luft.'

Gemächlich folgte unser Meister Proper dem Flüchtling, um mit ihm draußen vor der Tür an einem lauschigen Plätzchen neben den überquellenden Müllcontainern das begonnene Schwätzchen fortzusetzen.

‚Also gut, Herr Heinrichs. Machen wir es kurz. Ich erkläre es in einfachen Worten. Wir haben den Verdacht, dass die Henot in Wahrheit bei Ihrem Freund wohnt. Können Sie mir bestätigen, dass die sich über längere Zeiträume nicht in Ihrer Wohnung aufhält?‘

‚Die hat Freund? Deshalb tut die nicht beachten meine Nettigkeiten! Doch stimmt, hat Freund, hat Chefin gesagt. Ich habe nicht Freundin, trotz gut aussehen, wegen vielen Flüchtlinge. Aber die oft weg, sehe ich auch nicht mit Videoüberwachung in Wohnung von ihr.‘

‚Du meine Güte! Politisch gesehen sind Sie schon in Ordnung mein Freund, aber beschränken Sie sich bitte ab jetzt auf meine Fragen mit einem klaren „Ja“ zu antworten.‘

‚Sie können also bestätigen, dass Frau Henot sich monatelang nicht in ihrer Wohnung aufhält?‘

‚Ja‘

‚Sie haben Frau Henot regelmäßig in Begleitung eines offensichtlich mit ihr liierten Mannes gesehen?‘

‚Ja‘

‚Nachdem ich Sie nun näher kenne, können wir den Prozess eigentlich abkürzen. Ich werde Sie übermorgen auf meine Dienststelle bitten, um eine Eidesstattliche Versicherung zu unterzeichnen, die ich für Sie aufsetze. Sie können doch ihren Namen schreiben? Ansonsten können Sie auch ihr Zeichen malen!‘

‚Ja Name, schaffe ich.‘

‚Gut! Ich plane morgen einen Überraschungsbesuch bei der Henot, um der Betrügerin endgültig das Handwerk zu legen. Sie informieren mich, wenn die Dame anwesend sein sollte. Haben Sie hierzu noch irgendwelche Fragen?'

‚Kein Fragen, Herr Ober. Aber Henot immer in Wohnung. Ist wegen Krücken, kann nicht raus.'

‚Hervorragend, mein streng riechender Freund. Sie stehen morgen ab sieben Uhr den ganzen Tag vor der Außentür abrufbereit, da ich Sie als Zeuge benötige. Solche besorgten Bürger wie Sie brauchen wir! Immer wachsam und schön aufpassen!'

Mit stolz geschwellter Brust blickte Diddi der Besorgte in seiner Duftwolke dem sich eilig entfernenden Sozialermittler nach. Wie schön es doch war, seine befohlene Pflicht zu tun.

Am Abend eines gelungenen Tages betrat der schneidige Sozialinquisitor sein Büro, das er sich mit seinem wenig geschätzten Kollegen, dem Amtmann Friedrich Spee, teilte. Zu des Oberamtmannes Unmut war der noch anwesend.

‚Na Insistorius, wieder einmal einige arme Schweine fertiggemacht?'

‚Was erlauben Sie sich Spee? Ich tue meine Pflicht und führe nur Befehle aus! Irgendjemand muss ja schließlich solche Parasiten ausmerzen! Sie sind ja nur damit beschäftigt, dieses Pack mit unseren Geldern zu mästen. Sie und Ihre sogenannte Menschenwürde, lächerlich.'

‚Davon halten Sie ja nicht viel, obwohl Sie vermutlich auch ein Mensch sind. Übrigens Insistorius, ich habe da einige Ungereimtheiten bezüglich von Ihnen bearbeiteter Sozialbetrugsdelikte gefunden. Wir sollten vielleicht darüber reden?'

‚Vorsicht Spee! Sie werden mir meine Kopfprämie, äh ich meine natürlich die Leistungszulage nicht versauen! Oberregierungsrat Torquemada hat sowieso wegen Ihres andauernden Humanitätsgewinsels ein Auge auf Sie geworfen. Sie wissen, dass wir unsere Direktiven ganz von oben haben und da werden Querulanten ganz schnell auf die eine oder andere Art beseitigt. Sie wissen doch: Wer zu hoch fliegt, den verbrennt die Sonne.'

Mit einem siegessicheren Lächeln voller Häme betrachtete der sozialpolitische Vollstrecker seinen gewissenhaften Kollegen.

‚Ich glaube, ich mache Schluss für heute, sonst muss ich mich noch übergeben.'

Schnell und angeekelt verließ Spee die Stätte sozialamtlichen Wirkens.

‚Unglaublich, dass der Kerl mein Stellvertreter ist!'

Der eifrige Beamte schüttelte mit einer widerwilligen Geste das Haupt und bereitete voller Vorfreude die morgige Überraschungsparty vor.

Um 12 Uhr mittags am Folgetag sammelte der mit einem Mundschutz bewaffnete, emsige Sozialermittler den geduldig wartenden Heinrichs auf.

‚Sehr gut Herr Heinrichs. Hinsichtlich Ihrer außerordentlichen Kooperationsbereitschaft ernenne ich Sie hiermit zum Unterhilfssozialsheriff für die Dauer dieses Einsatzes.'

Hocherfreut schossen dem so beförderten vor Rührung die Tränen in die Schweinsäuglein.

‚Danke Meister Oberführer, ich tun Pflicht wie befohlen.'

‚Dann einmal los: Legen wir diesen Sumpf des Verbrechens trocken! Diddi hol den Fahrstuhl!'

‚Geht nicht, Chef. Fahrstuhl drei Monate kaputt, obwohl Firma von Chefin für teures Geld repariert, aber Mieter zahlen. Müssen Fuß gehen, aber Henot nur zweiter Stock. Weiß ich, kann bis drei zählen.' Eine gute halbe Stunde und einige Atemnotanfälle des Oberermittlungsbeamten später erreichten die beiden munteren Gesellen den Eingang zur Höhle des Lasters. Vom Jagdfieber gepackt, betätigte der dynamische Oberamtmann die Wohnungsklingel und wartete circa 30 Sekunden.

‚Typisch für das Gesindel! Heinrichs klopfen Sie einmal!'

Der ließ sich nicht lange bitten und hämmerte mit seinen groben Fäusten gegen die Wohnungstür.

‚Geheime Sozialpolizei. Aufmachen, sofort!'

Kurze Zeit später wurde dem höflichen Wunsch auch entsprochen und zum Vorschein kam eine unscheinbare, aber gepflegte Frau mittleren Alters, die sich mühsam auf ihren Gehilfen abstützte.

‚Sie spinnen wohl, Sie Haus- und Hofmeister! Wer sind Sie denn überhaupt?'

‚Oberamtmann Insistorius, Sozialbetrugsdezernat. Zur Seite bitte!'

Der nassforsche Diener des Staates drängte sein gehbehindertes Opfer, das nur mit Mühe sein Gleichgewicht zu bewahren vermochte, unsanft zur Seite und betrat, seinen Assistenten im Schlepptau, die saubere, aber bescheidene Behausung.

‚Sie können hier doch nicht einfach eindringen, ich rufe die Polizei!'

Verwundert nahm der inquisitorische Investigator den unerwarteten Widerstand zur Kenntnis. Was, eine selbstbewusste Sozialhilfeempfängerin? Nein, nein, das durfte nicht sein!

‚Ja, ich kann. Falls Sie weiterhin eine Verweigerungshaltung an den Tag legen, alarmiere ich meine Freunde und Helfer von der Polizei, die dann geeignete Maßnahmen bei Ihnen anwenden werden!'

‚Jau Polizei, mit Gummiknüppel und Stromgerät!'

‚Hilfsdetektiv Heinrichs, reden Sie bitte nur nach Aufforderung und beschränken Sie sich darauf, meine Anweisungen auszuführen.'

‚Jawohl, Oberführer Chef!'

Obwohl Katharina eine couragierte Frau war, hatte doch ihr miserabler physischer und psychischer Zustand seinen Tribut gefordert.

‚Zeigen Sie mir zumindest Ihren Ausweis.'

Widerwillig hielt der Sozialermittler für einige Sekunden das gewünschte Dokument hoch, um dann seinen Überfall fortzusetzen.

‚Aufsässigkeit nützt Ihnen hier überhaupt nichts, das macht alles nur schlimmer. Frau Henot, Sie werden beschuldigt im Bunde mit dem Teufel zu sein und verbotene, heidnische Rituale…' Sorry Freunde, wieder der falsche Film – mmh, wie komme ich nur darauf? Also dann nach dem Drehbuch:

‚Frau Henot, Sie werden beschuldigt, sich des schweren Sozialbetrugs schuldig gemacht zu haben. Am besten Sie gestehen jetzt sofort, dann ersparen Sie uns allen Mühe. In diesem Falle sehe ich vielleicht, falls Sie mich demütig um

Gnade bitten sollten, von einer Strafanzeige ab. Also, was haben Sie mir zu sagen?'

‚Was wollen Sie von mir, was soll ich denn getan haben?'

‚Das wissen Sie ganz genau! Außerdem ist das eine laufende Ermittlung, da werde ich Ihnen keine Auskunft geben!'

Enttäuscht hatte Insistorius seinen Blick in der aufgeräumten Wohnung, die aber deutliche Spuren einer stetigen Benutzung aufwies, schweifen lassen. Endlich haftete sein Blick auf einer billigen Wanduhr, die offensichtlich stehen geblieben war.

‚Ha, auf frischer Tat ertappt! Was ist denn das da?'

‚Bitte, was meinen Sie denn eigentlich?'

‚Tun Sie nicht so unschuldig! Die Uhr steht! Das ist der Beweis, dass Sie diese Wohnung nur als Tarnung aufrechterhalten. Gestehen Sie jetzt und Sie kommen mit einer Gefängnisstrafe davon!'

Völlig entgeistert sah Katharina erst die bewusste Uhr und dann den gerechtigkeitsliebenden Beamten an.

‚Ich hatte kein Geld mehr für Batterien, ich habe alles für Lebensmittel gebraucht.'

‚Jau die Asis: Fett, faul und gefräßig!'

‚Heinrichs, was habe ich gesagt? Aber danke! Leugnen Sie nicht, Sie sind überführt. Gestehen Sie endlich!'

Katharina war am Ende Ihrer körperlichen und geistigen Kräfte. Möglicherweise lag dies auch an ihrer unfreiwilligen Diät der letzten Zeit, da die Wohltaten des Staates bei steigenden Lebensmittelpreisen nur eine karge Kost zuließen. Die ganze Situation kam ihr mit einem Mal nur noch surreal vor, sodass sie sich wie eine Zuschauerin eines absurden Theaterstückes fühlte.

‚Sie schweigen! Wenn das kein Schuldeingeständnis ist! Heinrichs, Sie durchsuchen jetzt die schmutzige Wäsche der Sozialbetrügerin nach Männerspuren!'

Grinsend machte sich das Hilfsmitglied der geheimen Sozialpolizei daran, Wäschekörbe auf dem Boden zu entleeren und die entstandenen Häufchen zu durchwühlen. Besonders interessierte ihn dabei die Unterwäsche der Schwerverbrecherin, an der dann auch genussvoll schnupperte.

‚Oberführer, keine Spuren. Hinterhältige Verbrecherin!'

‚Wo haben Sie die Sachen Ihres Liebhabers versteckt? Das wir nichts finden, kann ich nur als weiteren Schuldbeweis betrachten. Erleichtern Sie Ihr Gewissen und gestehen Sie.'

Als Katharina ihre Inquisitoren betrachtete, bemerkte Sie, mit welch lächerlichen und aufgeblasenen Zeitgenossen Sie es eigentlich zu tun hatte. Normalerweise war unsere Verdächtige von zurückhaltendem und freundlichem Wesen, aber das Groteske der ganzen Situation ließ sie einfach lauthals auflachen. Diese unerwartete Reaktion brachte den eifrigen Jäger -seinem Schergen fehlten die kognitiven Fähigkeiten für solche Feinheiten- völlig aus dem Konzept. Bisher genoss er die Situation ganz außerordentlich und sah schon freudig dem erwarteten Zusammenbruch seines Opfers entgegen. So fiel die kleine Wölbung, die seinen Schritt ausgefüllt hatte, nun kläglich in sich zusammen.

‚Ihre kriminelle Energie wird Ihnen noch vergehen. Ich habe genug gesehen! Ihre gesamten Bezüge sind gestrichen! Ich werde Sie von der Polizei arrestieren lassen wegen Verdunkelungsgefahr. Kommen Sie Heinrichs, verlassen wir diese Räuberhöhle! ‘

Wie viele kleingeistige und intolerante Naturen verunsicherte das Unerwartete den jagdfreudigen Sozialermittler zutiefst. Vom schallenden Gelächter der Delinquentin begleitete, beeilten sich der Jäger und sein, wenn auch etwas räudiger, Dackel den Schauplatz ihrer Heldentat zu verlassen. Schließlich gewann unser Archetyp eines deutschen Beamten im übelriechenden Treppenhaus seine Contenance wieder.

‚Heinrichs, Sie bezeugen mir alles! Ich habe schon eine eidesstattliche Versicherung vorbereitet, die ich noch verschärfen muss. Sie kommen zum Unterzeichnen morgen zu mir ins Amt!‘

„Jawohl, meine Oberführer!‘

Voller Zuversicht und wieder energiegeladen betrat Insistorius die Treppe und rutschte beim Betreten der zweiten Stufe auf einer vorher nicht vorhandenen Bananenschale aus. Bevor er den Vorgang richtig realisierte, brach er sich das Genick und starb einen schnellen Tod.

Der Rest ist schnell erzählt: Friedrich Spee als Vertreter des Verstorbenen erbte den Fall der Katharina Henot und stellte das Verfahren unauffällig ein. Paris der Schöne beendete am bewussten Todestag seine Beziehung mit Medea unter Zuhilfenahme einer Packung Rattengifts im Kaffee der geliebten Ehefrau. Katharina durfte sich weiterhin an den Wohltaten des Sozialstaats erfreuen und blieb vorerst in ihrer bescheidenen Behausung wohnen.

Einen Nachtrag für die Anhänger der Reinkarnationslehre (Buddhisten, Pythagoräer u.ä.) unter uns hätte ich da noch: Unsere sympathischer Sozialermittler wurde seinem Karma gemäß als Schmeißfliege wiedergeboren und anschließend von Medea, die natürlich als gefräßige Spinne in ihr nächstes Leben schlüpfte, gefressen.

Wenn ihr jetzt glaubt, ich hätte mit meiner Geschichte übertrieben, so seid versichert, dass ich einen ähnlichen Fall beobachten konnte; der ging aber nicht so *gut* aus.

Tja, Talleyrand sagte einmal: ‚Schlimmer als ein Verbrechen ist eine Dummheit.' In Deutschland ist es ohne Zweifel schlimmer als ein Verbrechen, arm und ehrlich zu sein.

Ihre sensationelle Chance mich reich zu machen

Liebe Frau/Herr/was-weiß-ich ……..ich möchte Ihnen herzlich zu Ihrem Hauptgewinn in meiner bundesweiten Sponsorenlotterie beglückwünschen. Sie werden sich vermutlich fragen, wie Sie in den Genuss eines so einzigartigen und exklusiven Preises kommen, ohne aktiv an meinem hochwissenschaftlichen Auswahlverfahren teilgenommen zu haben? Die Antwort ist ganz einfach: Weil Sie ein/e/es Gewinner/Gewinnerin/Gewinn*in sind! Aufgrund komplizierter, numerologischer Verfahren mit denen Ihr Nachname aus einer Liste kommerziell erworbenen Adressen mit hohem Kretinitätsindex auserwählt wurde, bin ich zu der Überzeugung gelangt, dass Sie genau der/die/das Richtige sind! Endlich sind Ihre traurigen Zeiten als Loser/Loserin/Loser*in der Nation vorbei! Durch mich sind Sie jetzt auf der Gewinnerstraße! Seien Sie eingeladen zu allem Glück dieser Welt! Durch mich werden Sie ein richtiges, kleines Glücksschweinchen! Aber sicher sind Sie schon mächtig gespannt auf Ihren tollen Gewinn? Sie bekommen die einzigartige Möglichkeit an der russischen Phantomlotterie Mushinskaja-Idiota teilzunehmen, die jedes Jahr imaginäre Preise im Wert von 100000000000000000 Rubel ausschüttet! Um die Straße zu Reichtum und Glück zu betreten, brauchen Sie nur eine geringe, monatliche Bearbeitungsgebühr von 999,99 Euro auf mein Spendenkonto bei meiner Hausbank auf den Cayman Islands zu überweisen und den Rest erledige ich für Sie! Das Schicksal meint es gut mit Ihnen mein

Freund/Freundin/Freund*in, ergreifen Sie es beim Schopfe und sorgen Sie für immensen Reichtum!

Story VIII: Der Namenlose

Johnny ‚the Kid' sah ‚Soapy' Sanders mit seinen runden Kulleraugen wehleidig an.

‚Das ist Wucher! Für eine Flasche von diesem miesen Moonshine-Gebräu drei Unzen Gold!'

Der unzufriedene Kunde war zwar nicht die hellste Birne im Kronleuchter – dies und sein schmächtiger Körperbau bescherten ihm schließlich seinen Spitznamen, aber selbst sein simpel gestrickter Geist erfasste, dass er hier nach allen Regeln der Kunst ausgenommen wurde.

‚John-Boy, Qualität hat eben ihren Preis. Unsere Hausmarke ‚Old Junk Fort' ist eben feinster Tennessee-Whiskey, den wir zu immensen Kosten extra für unsere fleißigen Digger in die Ödnis Alaskas schaffen. Der Blitz soll mich erschlagen, wenn ich Dir einen Bären aufbinde!'

Trotz des gebundenen Raubtiers blieb die göttliche Strafe aus. Das angepriesene Getränk stammte natürlich aus Eigenproduktion und wurde aus Kostengründen reichlich mit Wasser gestreckt; als nützlicher Nebeneffekt verminderte dies bei der Kundschaft immens die Gefahr, zu erblinden. Die eigentümliche, bräunliche Färbung der ansonsten farblosen Flüssigkeit erreichten die einfallsreichen Brauherren dadurch, dass sie ein gehöriges Quantum menschlicher Exkremente beimischten.

‚Dann gib schon her!'

Sanders servierte breit grinsend das gar köstliche Getränk, dessen würziger Geruch, nachdem der lustige Wirt die schmutzige Flasche geöffnet und einen Teil des Inhalts in ein dreckiges Glas goss, bei zarteren Naturen durchaus einen permanenten Würgereiz auslösen konnte.

‚Bitte der Herr, macht dann vier Unzen!'

‚Was, Du Halsabschneider wolltest doch gerade nur drei haben!'

‚Tja Kiddy, mit Steuer mach es eben vier! Jetzt her damit!' Sheriff Calamity Anderson runzelte bedenklich seine Stirn und sah Soapy fragend an.

‚Soapy, soll ich den Kerl festnehmen?'

‚Nee Anderson, das lässt Du schön bleiben. Wir regeln das so! Bloody Bill ich glaube, da will einer die Zeche prellen!'

‚Bloody Bill' Holliday erhob sich bedächtig am anderen Ende des Saloons - wir müssen uns hier eine zusammengeschusterte Bretterbude vorstellen, mit spartanischer Einrichtung und einer improvisierten Theke - vom seinem roh gezimmerten Stuhl und warf dem unglücklichen Johnny einen leicht blutrünstigen Blick zu.

‚Wer nichts zahlt, bekommt zum Frühstück blaue Bohnen!'

‚Ja, ich zahl ja schon!'

Mit zitternden Händen legte Johnny ‚the Kid' vier fette Nuggets auf den Tresen, der von einem langen Holzbrett, das auf zwei Fässern lag, gebildet wurde. Natürlich entsprachen die Goldstücke mehr als vier Unzen, aber des Kunden einfacher Verstand vermochte dies nicht so richtig zu realisieren.

An dieser Stelle seien einige Worte der Aufklärung eingeschoben. Unsere Geschichte spielt Ende des 19 Jahrhunderts im hohen Norden des amerikanischen

Kontinents. Strenggenommen befinden wir uns in Kanada, das hindert aber die hauptsächlich US-amerikanische Bevölkerung nicht daran, in unserem illustren Goldgräbercamp von ‚Alaska' zu reden. Zum außerordentlichen Nachteil der hart schuftenden Goldgräber hatte sich zwischenzeitlich Soapies südstaatliche Gang etabliert, die sich auf recht unsanfte Weise das Monopol auf Versorgungsgüter sicherte. Ebenso erhob die muntere Truppe Schutzgelder zur Abwehr imaginärer Indianerüberfälle und gelegentlich einen variierenden Wegzoll. Neben Soapy ‚the brain' und ‚Bloody Bill', dem schießwütigen Problemlöser, gehörten als schlagkräftige Außendienstmitarbeiter noch ‚Wild Bull' Cody und ‚Stonewall' Shatterhand zu unseren geschäftstüchtigen Gentlemen aus dem Süden. Das Auge des Gesetzes, Calamity Anderson, gehörte nicht originär zur Truppe, war aber auf Initiative derselben zum Sheriff gewählt worden, da er die geschätzten Attribute eines völlig fehlenden Rückgrades und einer ungewöhnlichen Tölpelhaftigkeit, die ihm letztendlich auch seinen Spitznamen einbrachte, in die Waagschale warf. Eigentlich konnte man Andersons Posten nur als ausgemachten Fake bezeichnen, da für die Einhaltung der Gesetze die berittene, kanadische Polizei zuständig war. Wirklich ließ sich auch ein Angehöriger dieser Elitetruppe blicken. Der beging aber dann auf tragische Weise Selbstmord, da er mit dem Rücken in eine Pistolensalve Bloody Bills lief. Dieser bedauerliche Zwischenfall motivierte dann auch Sanders, seine Geschäfte an diesem gastlichen Ort allmählich abzuwickeln und sein florierendes

Unternehmen an anderer Stelle wiederzueröffnen. So waren seine Außendienstmitarbeiter seit geraumer Zeit dabei in den einzelnen Claims eine Sonderabgabe, die Soapy ironischerweise mit dem sinnigen Namen ‚Solidaritätszuschlag' versehen hatte, einzutreiben. Als krönender Abschluss und Meisterstück der Viererbande war ein letzter Zug durch die Gemeinde geplant, der die Goldgräber mit der schießfreudigen Überzeugungskraft Hollidays um sämtliche Edelmetallvorräte und Besitzurkunden bringen sollte; Sanders hielt hier die Bezeichnung ‚Grundsteuerreform' für recht passend. So blieb der Ort der bisherigen Handlung, der ‚Golden Palace Saloon', nur spärlich frequentiert - wenn Cody und Shatterhand nicht gerade die Digger zum geselligen Zusammensein mit eiserner Faust einluden. An diesem warmen Juninachmittag befand sich der wohl klügste aller Schürfer als einziger zahlender Gast in der urigen Taverne.

‚John-Boy will doch bestimmt seinen Fehler von gerade gutmachen!'

Der fröhliche Wirt zwinkerte Johnny ‚the Kid' gönnerhaft zu.

‚Wie wäre es mit einer Flasche meines köstlichen Whiskeys für jeden von uns? Damit würdest Du bei uns mächtig Eindruck schinden! Stimmts Bloody Bill?'

‚Klar, Geizkrägen sterben schneller!'

Solch überzeugender Argumentation konnte sich der spendabel gemachte Gast natürlich nicht verschließen.

‚Ich bin kein Geizkragen: Whiskey für alle! Soapy, ich bin doch Dein Freund!'

In Erwartung des edlen Getränks warf Sheriff Anderson dem breit grinsenden Sanders einen Blick zu, der pures Entsetzen ausdrückte.

‚Nett von Dir, *Freund*. Aber wir Gentlemen aus dem Süden trinken nicht in der Öffentlichkeit. Ich und Holliday genießen unseren Spitzenwhiskey dann später. Bestimmt will der Sheriff mit Dir anstoßen, das willst Du doch Anderson!'

Mit interessiertem Metzgerblick betrachte der Killer des Clans den unglücklichen Gesetzeshüter.

‚Das will ich sehen, wie der Yankee das säuft!'

‚Du hast Bloody Bill gehört! Du bist doch kein Spielverderber Sheriff?'

‚Natürlich Mr. Sanders, alles was Sie wollen.'

Derweil hatte der fleißige Wirt auch den couragierten Ordnungshüter mit dem einzigartig riechenden Getränk versorgt.

‚Dann die Herren, zum Wohle!'

Soapies Augen sprühten förmlich vor Vergnügen und seine Stimme drohte vor Heiterkeit zu versagen.

‚Der Yankee-Sheriff trinkt das jetzt in einem Zug oder es knallt!'

Während Johnny genussvoll sein Getränk schlürfte, fügte sich Anderson mit angeekeltem Gesicht in sein Geschick und kippte das übelriechende Gebräu tapfer herunter, um dann lautstark Würgegeräusche von sich zu geben. Als sich dann der mit zechende Gourmet den braunen Rand um seinen Mundwinkel gründlich mit Hilfe seines schmutzigen Hemdärmels entfernte, verließ der flexible

Gesetzeshüter schnellen Schrittes den Saloon und übergab sich draußen ausgiebig.

Nach einem für Johnny unerklärlichem lautstarken Ausbruch guter Laune bei den restlichen Anwesenden, nickte der freigiebige Gastronom diesem jovial zu.

‚Unser Kid ist vermutlich der Einzige, der diesen einzigartigen Stoff wirklich zu schätzen weiß. Die Anderen müssen wir ja förmlich zu diesem Hochgenuss animieren. Übrigens John-Boy, das kostet jetzt 20 Unzen inklusive Sektsteuer!‘

‚So viel habe ich aber doch nicht, Soapy!‘

Mit gespielter Entrüstung schüttelte Sanders sein vor billiger Pomade triefendes Haupt.

‚Das Du mich schon wieder betrügen willst John-Boy, das hätte ich nicht von Dir erwartet. Du enttäuschst mich menschlich zutiefst! Mit Deinen rhetorischen Tricks versuchst Du, einen ehrlichen Mann wie mich hereinzulegen. Wirklich eine Schande! Was sagst Du Bill?‘

‚Tote Vögel singen nicht!‘

‚Bitte Soapy, die vier Nuggets waren alles, was ich noch besaß. Ich will ja zahlen!‘

Sanders liebte solche Auftritte! Sie erinnerten ihn an jene schöne Zeit, als er Handlungsreisender im sonnigen Süden unbedarfte Rednecks um ihre letzten Ersparnisse brachte und die Landbevölkerung mit allerlei Wundermittelchen vergiftete. Sein Renner stellte eine Art Wunderseife dar, die allerlei Krankheiten von simpler Erkältung bis zur schwarzen Pest kurieren sollte; dabei handelte es sich natürlich nur im mit Kuhmist gefärbte Kernseife der billigsten Sorte.

‚Ich bin einfach zu gut für diese Welt! Also Du gehst jetzt gleich die Besitzurkunde für Deinen Claim holen und übergibst sie mir zur Abgeltung Deiner Schulden. Dann: Schwamm über die Sache. Dein Whiskey bleibt solange hier. Den und eine Pulle vom besten darfst Du mitnehmen, sobald Du mir dann die Abtrittserklärung unterzeichnet hast.'

‚Danke Sir, vielen herzlichen Dank!'

Voller ehrlicher Dankbarkeit sah der Schuldner seinen großzügigen Gläubiger an und beeilte sich den gastlichen Ort zu verlassen.

‚Sanders, Du übertriffst Dich selber! Ne Goldader für ne Flasche Scheiße! Das war echt klasse Boss!'

Fast enttäuscht nahm der beeindruckte Untergebene wieder Platz.

‚Man tut was man kann, Holliday. Bei den anderen Vögeln wird das wohl nicht so einfach, da wirst Du den einen oder anderen wohl umlegen müssen. Ich fürchte, da reichen Shatterhands Faust und ‚Wild Bulls' grimmige Grimasse nicht ganz aus. Ach, wenn man vom Teufel spricht: Da sind ja meine Schergen!'

Herein kamen zwei kompakt gebaute Herren in Begleitung des inzwischen mageninhaltslosen Sheriffs. Wild Bull nickte seinem Chef mit zufriedener Miene zu.

‚Da sind wir wieder Boss. Die Kollekte hat sich dieses Mal wirklich gelohnt; unsere Satteltaschen sind voll! ‚Stonewall' brauchte keine Knochen zu brechen, sondern nur ein Paar Schläge auszuteilen, damit die Typen spurten.

Allmählich werden die mürbe. Ne Schande, dass ‚Bloody Bill' den Mounty umgelegt hat! Die Typen könnten wir ewig ausnehmen.'

‚So ist es! Ich habe nur Gooky Miller den Kiefer gebrochen. Schade, dass die nicht mehr Kampfgeist haben. Da kommt man sich so faul vor!'

Shatterhand, ein blonder Riese, hob die rechte Hand zum Gruße und versetzte dem bleichgesichtigen Sheriff mit der anderen einen freundschaftlichen Klaps, der diesen in die Knie gingen ließ.

‚Die Vogelscheuche haben wir draußen aufgegriffen. Wir haben uns gedacht, den bringen wir gleich mit.'

‚Ihr werdet hier nicht fürs Denken bezahlt. Aber Jungs: Gut gemacht! Jeb Stuart wäre mit Sicherheit stolz auf euch. Bevor wir abrechnen, sollten wir uns einen genehmigen.'

Hinsichtlich der entsetzten Mienen seiner nicht schnell denkenden Mitarbeiter konnte der großzügige Gastgeber ein raues Lachen nicht unterdrücken.

‚Kretins, von unserem Bourbon! Allerdings trinkt der Sheriff sicherlich ein Gläschen der Hausmarke mit, die ihm so gut gemundet hat!'

Den Tränen nahe sank der malträtierte Ordnungshüter auf die Knie, während wieherndes Gelächter den Raum erfüllte. Das brach allerdings angesichts der gebeugten Gestalt, die im Eingang des Saloons stand abrupt ab.

‚Nigger, Hunde und Indianer sind hier verboten!'

Wild Bull sah den alten Ureinwohner hasserfüllt an.

Shatterhand betrachte die von der Last der Jahrhunderte gebeugte Gestalt gelassen.

‚Jungs, ich kann mich nicht erinnern, wann ich zum letzten Mal eine Rothaut gehäutet habe. Brauche dringend einen neuen Tabaksbeutel.'

Lächelnd und voller Vorfreude spielte Bloody Bill mit seinem Revolver, schwieg aber ansonsten. Das (ohn)mächtige Auge des Gesetzes hingegen empfand eine gewisse Freude, dass es nicht mehr im Fokus des öffentlichen Interesses stand und beschloss, sich aus dieser blutigen Angelegenheit herauszuhalten.

‚Warum sollen wir den Herrn nicht hereinbitten und unsere besondere südstaatliche Gastfreundschaft bei ihm anwenden. Wie beim Clan, ihr versteht schon! Komm rein Häuptling, wir haben hier gutes Feuerwasser für Dich!'

‚Ihr bittet mich herein?'

Mit einem schiefen Grinsen beeilten sich alle Anwesenden, mit Ausnahme Andersons, lautstark die Frage positiv zu beantworten.

Der alte Indianer schlurfte langsam in den Saloon und blieb in der Mitte desselben stehen.

‚Tja Sitting Bull, setz Dich mal da an den Tisch. Guten Whiskey können wir Dir nicht bieten, weil das Gesetz das verbietet.'

Soapy bemühte sich heftig, nicht über seine kühne Behauptung in Gelächter auszubrechen.

‚Aber wir haben gutes Bier der Marke ‚Piss Lager', das einer Rothaut wie Dir bestimmt Spaß im Kopf machen wird.'

Wie der Name schon vermuten ließ, handelte es sich bei dem köstlichen Ale simpel um mit Wasser verdünnten Urin.

‚Ich trinke nichts.‘

Der alte Mann bewegte sich keinen Millimeter.

‚Nur ein toter Indianer ist ein guter Indianer!‘

‚Bloody Bill‘ hielt bereits seinen Sechsschüsser in der Hand und wartete auf einen Wink seines Chefs. ‚Wild Bull‘ schenkte dem renitenten Alten seinen wildesten Blick, während Shatterhand bereits sein gigantisches Bowiemesser in Vorbereitung auf die waidmännische Arbeit gezückt hatte. Der Arm des Gesetzes zog sich derweil in eine Ecke zurück und beobachtete voller voyeuristischer Faszination das Geschehen.

‚Du willst uns doch nicht beleidigen Häuptling. Eigentlich ist es bei uns Sitte, solche wie Dich für solche Frechheiten gegen weiße Gentlemen zu hängen. Aber ich gebe Dir noch eine Chance.‘

Mit einer übertrieben großzügigen Geste holte Sanders eine goldene Dollarmünze hervor, während seine Spießgesellen vor Heiterkeit zerbarsten.

‚Wir spielen um Dein Fell Rothaut. Ich werfe jetzt eine Münze. Bei Kopf hast Du verloren, bei Zahl habe ich gewonnen!‘

Die Stürme der Heiterkeit schwollen an.

‚Nein Weißer Mann. Kopf Du lebst, Zahl Du stirbst!‘

Der Orkan des Gelächters erreicht seinen Höhepunkt. Verächtlich sah der Spieler diesen offensichtlich begriffsstutzigen Alten an: Das würde noch einen Heidenspaß geben.

‚Einverstanden Häuptling: Bei Zahl kannst Du gerne versuchen uns zu töten.‘

Feixend warf Soapy die Münze.

‚Zahl! Stonewall zieh der Rothaut das Fell ab - lebendig.'
Bevor der vor Freude zitternde Shatterhand zur Tat
schreiten konnte, veränderte sich die Situation völlig und
brachte die freundlichen Südstaatler sozusagen aus dem
Konzept.
Vor ihnen stand kein alter Indianer, sondern ein
gigantischer Grizzly.
‚Zahl: Weiße Männer sterben!'
Der Rest war ein Gemälde aus Blut und Schmerz, das
nach drei Minuten sein Ende fand. Ungläubig beobachtete
das Auge des Gesetzes das unwirkliche Geschehen.
Wimmernd sank Anderson in sich zusammen als der
riesige Bär langsam auf ihn zukam.
‚Der Feigling soll überleben, um zu berichten. Ich streife
seit Jahrtausenden durch diese Wälder und werde hier
noch leben, wenn der weiße Mann nur noch eine böse
Erinnerung sein wird. Einst war ich ein Mensch, jetzt ein
Hüter. Ihr weißen Menschen werdet das Schicksal
erleiden, das ihr euch selber erwählt.'
Sekunden darauf gab es in dem bluttriefenden Raum nur
Leichenteile und ein wimmerndes Bündel Mensch, das
seinen Verstand für alle Zeiten verloren hatte.
So kann man einmal mehr sehen, wie der äußere Anschein
trügen kann; manchmal eben mit tödlichen Konsequenzen.

Bullshit Bingo Part V

‚Die große Lüge' ist ein Dokumentarfilm der Konspirationswissenschaftlerin Henriette von Mohnfeld und behandelt die zwielichtigen Machenschaften der christlichen Kirche bezüglich der Figur Jesu Christi. Belegt wird anhand bekannter Bibelstellen, dass der Heiland über ein beachtliches, wissenschaftliches Knowhow verfügte und daher unmöglich von dieser Welt stammen konnte. In einer sehr komplexen und für den Laien nur sehr schwer nachvollziehbaren Analyse sämtlicher Evangelien -inklusive der von der Kirche nicht anerkannten- und dem alten Testament kommt Frau von Mohnfeld zu mehreren Erkenntnissen. Zunächst stammte der Messias wohl aus dem Orionnebel und wurde von seinem Vater -einem intoleranten, alten Stinker- auf die Erde verstoßen, da er wohl zu viel Mana kiffte. Dort bemühte sich der geschlechtslose Jesus wohl darum, seine Identität zu finden und vollbrachte völlig stoned zahlreiche Wundertaten. Seinen Jüngern brachte er in der Folge die hohe Kunst des Drogenkonsums bei, sodass diese im Manarausch des Öfteren vom heiligen Geist befallen worden sind. Zuletzt fuhr wohl der vollgedröhnte Heiland mit seinem Raumschiff gen Himmel auf und verunglückte nach einer Kollision mit dem Kampfstern ‚Galactica' auf dem Mond tödlich. Daraus machte dann die katholische Kirche den bekannten Mythos, um den illegalen Drogenkonsum einzudämmen und weil der dippelschisserische Vater des verunglückten Messias Papst Gregor I. das so befahl. Wie die Filmemacherin aus sicherer Quelle beim heiligen Stuhl weiß, lagern die Originaldokumente diesen Fall betreffend in den geheimen Archiven des Vatikans. Natürlich kann der Name des Informanten nicht preisgegeben werden, da er sonst von den Auftragskillern der Inquisition liquidiert werden würde; außerdem gäbe es dann tierischen Ärger mit der Gewerkschaft imaginärer Whistleblower. Damit endet dann auch die 5-stündige Dokumentation.

Story IX: Vampyr oder die seltsame Gräfin

Die Dunkelheit brach herein und die Gräfin Maria von Borgia erwachte in ihrem Kiefernsarg. Schlaftrunken schob sie die einfache Abdeckung desselben zur Seite und stieß einen gar grauenvollen Fluch aus. Wie üblich schmerzten die Druckstellen, die sie aufgrund der Enge ihrer Ruhestätte während ihres Schlafes an ihrem nicht mehr tauffrischen Körper davongetragen hatte, entsetzlich. Voll unerfüllter Rachegelüste wanderten ihre Gedanken zu ihrem Gemahl in Verdammnis, Rodrigo 'dem Schönen'. Nicht genug, dass diese treulose Tomate das immense Familienvermögen der Borgias verspekulierte, er setzte sich danach auch noch mit dem kläglichen Rest nach Malle ab und wirkte dort, von privaten TV-Sendern begleitet, als blutorangensafttrinkender Kneipenwirt. Der herrschaftliche Stammsitz,
die schönen, geräumigen Ebenholzsärge: Alles dahin! Stattdessen vegetierte die 'Grand Dame der Finsternis' nun in einem elenden Plattenbau auf 60 qm in täglicher Sorge, ob sie sich nun noch eine Blutwurst bei Lidl leisten konnte. Unvorstellbar wäre es für die Gräfin des Schreckens aus einer uralten Vampirdynastie in vergangenen Zeiten gewesen, dass es noch größere Blutsauger gäbe, als jene aus ihrem Clan, aber Gerichtsvollzieher und Finanzbeamte belehrten sie eines Besseren. Dann dieser vermaledeite Kindersarg von IKEA - wie weit war es nur mit ihr gekommen! Schlaftrunken wankte Madame de Borgia in ihr winziges Badezimmer, das sie in glorreicheren Zeiten nicht einmal ihrem untoten

Bluthund Zoltan zugemutet hätte. Wo waren jene marmorgefliesten Thermen? Gone with the wind, or by taxes! Dort genoss jetzt ein bescheidener Volksvertreter seinen unverdienten Feierabend nach einem harten Tag im Parlament. Auch ihr geliebter Zoltan musste per Knoblauchspritze eingeschläfert werden, da sie ihrem zahnlosen Liebling sein Paldi -aus Hunden für Hunde- nicht mehr zu kaufen vermochte. Apropos zahnlos, wo lag eigentlich ihr Gebiss wieder herum? Das war zwar ein minderwertiges Produkt aus dem Scherzartikelladen, aber immerhin besser als gar nichts oder die Premiummodelle der gesetzlichen Krankenkassen. Ach, ihr geliebtes Edelstahlgebiss von Cartier! Auch dies pfändete ihr ein gieriger Zwangsvollstrecker aus dem Munde hinweg! Zu ihrem Unglück hatte der eifrige Vollzugsbeamte wohl kurz vor dem tragischen Ereignis Knoblauchsuppe gegessen, sodass die blutrünstige Aristokratin völlig wehrlos gewesen war. Auch da lagen ja die Zähnchen -Marke Nosferatu deluxe- in einem ausgewaschenen Senfglas mit einer Geschirrspülmittellauge. Gerne hätte unsere Heldin die famosen ‚Corega Snaps' mit der besonderen Haftkraft oder die Zahncreme mit der man ‚morgen noch kraftvoll zubeißen konnte' verwendet, aber ein solcher Luxus passte leider nicht mehr so ganz ins Budget. Nach einer katzengleichen Toilette, der es zwar an felider Grazie mangelte, aber deren Dauer und Intensität der gleichnamigen Wäsche alle Ehre machte, fand auch das kostengünstige Plastikimitat einen wackeligen Platz. Leider übersah bei diesem Vorgang die gar schröckliche Blutgräfin, dass in Fairytale gebadete Plastikteile ohne vorherige Reinigung keinen so positiven Effekt auf den Rachenraum auch einer Untoten hatten. So spuckte die vornehme Dame das vampirische Utensil würgend wieder aus. Hastig drehte Maria von Borgia den Hahn des billigen Handwaschbeckens auf und platzierte mit vampirischer Schnelligkeit ihren Mund unter denselben. Aber ach, das ersehnte Nass kam nicht! Da fiel es ihr siedend heiß wieder ein: Die Hausverwaltung hatte vor einiger Zeit bekanntgemacht, dass sie gedenke, in der aktuellen Kalenderwoche irgendwann zwischen 15:00 und 20:00 Uhr für eine unbekannte Anzahl von Stunden das Wasser hinsichtlich einer Untersuchung auf Legionellen abzustellen. Über ihren ehemaligen Folterkeller nachsinnend und lustige Seifenbläschen ausstoßend, schob sich die Vampirin ihr Gebiss wieder widerwillig in den runzeligen Mund. Unwillig zwängte sich die modebewusste Dame in die unförmigen Kleider aus dem Textildiscounter; von fleißigen Kindern in Bangladesch liebevoll geschneidert - nebenan produzieren sie dann die Markenklamotten. Wehmütig kamen der edlen Dame jene lustigen Nachtjagden in den Sinn, bei denen sie im scharlachroten Reitdress von Dior panikerfüllte Bauern auf ihrem getreuen Ross ‚Snowy White' durch die Pampa hetzte. Aber wozu über die glorreiche Vergangenheit grübeln, wenn einen die elende Gegenwart fordert! Da unsere gefeierte Heldin, wie alle Mitglieder ihrer Spezies, hervorragend in der Dunkelheit zu sehen vermochte, hatte sie es bisher vermieden, das trübe Energiesparlampenlicht einzuschalten, da die Strompreise, verursacht durch eine weise Energiepolitik, mittlerweile ein Rekordniveau

erreichten. Kerzen zwecks besserer Beleuchtung jetzt kurz vor Monatsende käuflich zu erwerben, ließ der schmale Geldbeutel der Adeligen ebenfalls nicht zu. So näherte sich die blutige Maria nun zielstrebig dem Kühlschrank, um sich genussvoll an dem halben Liter Schweineblut, den sie vor einiger Zeit aus einer nahegelegenen Metzgerei stibitzte, zu laben. Entsetzt musste die Dürstende feststellen, dass die Stadtwerke ihr zwar nicht das Wasser, aber den Strom gesperrt hatten. Statt dem herbeigesehnten Getränk befand sich ein wenig delikates, übelriechendes Gebräu in der lauwarmen Kühlbox, das selbst die anspruchslos gewordene Gräfin als ungenießbar erachtete. Ohne Frühstück und mit einem flauen Gefühl im Magen ging die Herrin der Nacht daran, sich die tägliche Nahrung zu beschaffen. Hinsichtlich ihres für einen Blutsauger gebrechlichen Zustandes gestaltete sich die klassische Methode äußerst diffizil. Geld war auch nicht mehr da und um jetzt beispielsweise eine fette Blutwurst zu klauen, fehlten der Gräfin gewisse handwerkliche Talente. Tatsächlich griffen sie in der Vergangenheit bei derartigem Unterfangen regelmäßig Mitarbeiter diverser Discounter auf, die sie aber aus Mitleid in der Regel verschonten. Das grauenvolle Wesen der Nacht sah nur eine Möglichkeit den Kampf ums Dasein bis zum Monatsende zu überleben: Containern!
Derartige Aktionen hielt sie unter normalen Umständen weit unter ihrem bisschen Würde, das sie sich bisher bewahrte, wenn sie aber an all die blutigen Koteletts und Energiedrinks mit Stierblut dachte, lief ihr doch das Wasser im Munde zusammen. Zu allem entschlossen

verließ Vampirella ihr finsteres 2,5 Zimmerverlies voller Gelsenkirchener Barock im 7. Stock des maroden Hochhauses. Da die Flurbeleuchtung auf ihrer Etage sich im Zustand einer permanenten Nichtfunktion befand, leistete dem Geschöpf der Nacht seine Infravision hervorragende Dienste, um den lustig mit Graffiti verzierten Lift zu finden. Maria von Borgia bettete inständig zu ihren dunklen Göttern, dass das antiquierte Beförderungssystem funktionieren möge. Da nun einmal Ausnahmen die Regel bestätigen, rumpelte das primitive Gerät tatsächlich heran und es öffneten sich wundersamerweise auch noch die Türen. Mehmet Ali, ein höflicher junger Mann aus dem 10. Stock, lächelte die sympathische, alte Dame freundlich an.

‚Schön Sie zu sehen Frau Borgia! Kommen Sie doch rein, ich beiße nicht!'

Listig lächelnd betrat die Blutsaugerin den leicht schmuddeligen Aufzug. Das war doch schon ein sehr gut aussehender kleiner Teufel! Turkish delight - den Jungen hätte sie in besseren Zeiten bis zum letzten Blutstropfen ausgetrunken!

‚Ah, mein lieber Mehmet. Du solltest vielleicht aufpassen, dass ich nicht beiße!'

Der neckische Blick der Blutgräfin ruhte nachdenklich auf dem köstlichen Jüngling. Der wiederum lachte gutmütig, während sich die Fahrstuhltüren geräuschvoll schlossen.

‚Sie möchten bestimmt auch ins Erdgeschoss?'

‚Ja, mein kleiner Leckerbissen. Ich verspüre schon einen gewissen Appetit!'

Türkischen Honig zum Dessert hatte Maria schon als Kind geliebt! Allerdings murmelte die hungrige Vampirin den letzten Satz geistesabwesend als eine Art Selbstreflektion. Derweil rumpelte der Lift allmählich abwärts.

Mehmet betrachtete die alte Dame mit einem ebenso fürsorglichen, wie besorgten Blick.

‚Sagen Sie Frau Borgia, haben Sie heute überhaupt etwas gegessen? Sie sehen so blass aus! Darf ich Ihnen mich.. Sorry Ihre Sprache ist manchmal nicht so einfach! Darf ich Ihnen etwas anbieten?'

Mit unschuldiger Miene holte der freundliche Mitbewohner einen blutrot verpackten Schokoriegel hervor.

Eine derartige Herausforderung ihrer Selbstbeherrschung musste die Gräfin seit Äonen nicht mehr bestehen. Der Drang dieses Praliné umgehend zu vernaschen, raubte ihr fast den Verstand. Letztendlich erwies das Schicksal in der Beziehung gnädig, als dass der altersschwache Aufzug sein Ziel erreichte und dessen Türen sich tatsächlich öffneten. Panikartig stürzte die hungrige Blutsaugerin aus dem Aufzug und verließ mit nosferatischer Schnelligkeit den heruntergekommenen Sozialbau, um in die neongeschwängerte Dunkelheit der Vorstadt zu fliehen. Nach einiger Zeit des ziellosen herumstreichens nagte der Heißhunger noch immer wütend in ihr, als sich der Anblick einer einzelnen, offensichtlich angetrunkenen Person bot. Leicht schwankend kam der hungrigen Gräfin ein blutreicher, da etwas korpulenter, mittelalterliche Herr entgegen. Früher hatte sie oft das Blut betrunkener Galane genossen, da sie den wärmenden Beigeschmack des

Alkohols außerordentlich schätzte. Das war wirklich völlig unvampirisch! Der letzte Rest an Selbstkontrolle ging dahin und die Blutsaugerin stürzte laut kreischend auf das potentielle Opfer. Leider jedoch gelang das kulinarische Vorhaben nicht ganz, da eine etwas unkoordinierte u nd unerwartet kräftige Abwehrbewegung den Angriff insoweit abfälschte, dass statt die ersehnte Halsschlagader zu treffen, sich der Blutgräfin Zähne sich in die gut gepolsterten Schultern der wattierten Jacke des Opfers verhakten. Dummerweise blieben die dann auch Dank mangelnder Haftkraft darin stecken. Zu allem Überfluss verlor die Angreiferin ihr Gleichgewicht und fiel, die untere Partie des Betrunkenen streifend, zu Boden.

‚Diese sexgeilen Weiber! Ich stehe nicht auf altfranzösisch!'

In völliger Verkennung der tatsächlichen Situation torkelte das Opfer munter weiter, der Gräfin Gebiss in seinen Schultern nicht bemerkend. Die wiederum erhob sich langsam und völlig aufgelöst. Noch immer hungrig, aber ernüchtert, machte sie sich daran, ihr ursprüngliches Vorhaben in die Tat umzusetzen. Das lohnendste Ziel stellte ohne Zweifel der dreckige Hinterhof des Discounters dar, der Lebensmittel so liebte. Dort landeten nicht gekaufte Produkte bereits eine Woche vor Ablauf des Mindesthaltbarkeitsdatums in den Abfallcontainern, um in Müllverbrennungsanlagen gar umweltfreundlich entsorgt zu werden.

Die Crux bei der Geschichte war, dass die Lebensmittelliebhaber ihr Vernichtungsdepot extrem gut gegen bedürftige Zeitgenossen absicherten. Ein stabiler, mit Stacheldraht gekrönter Eisenzaun reichte dann auch, um die meisten unerwünschten Besucher abzuschrecken. Vom nagenden Hunger getrieben, entschied sich die verschmachtende Herrin der Nacht dazu, ihr Glück herauszufordern. Nachdenklich stand sie denn nach einiger Zeit vor dem Trump-affinen Bauwerk und strengte ihr kleinen blauen Zellen in ungewohnter Manier an, während im Hintergrund ein Kater kläglich miaute. Das wars! Als Gestaltwandler war sie zwar niemals gut gewesen, aber außergewöhnliche Situationen erforderten ebensolche Maßnahmen! Konzentriert schloss sie die Augen und murmelte uralte nosferatische Zaubersprüche. Schon zweifelte die mächtige Magierin an dem Erfolg ihres Unternehmens, als die Verwandlung plötzlich gelang. Es dauerte eine kurze Weile, bis sie realisierte, dass sie ihre Rattengestalt angenommen hatte. Zufrieden machte sich die nagetierhafte Aristokratin daran, durch die Gitterstäbe des mächtigen Zauns zu schlüpfen, als sie links von sich ein schauderhaftes Gebrüll vernahm. Erschreckt drehte sich die hochadelige Ratte zur Ursache des entsetzlichen Lärms und blickte in die gnadenlosen Augen einer wohlgenährten Katze. Unter normalen Umständen wäre das Schicksal unserer glücklosen Heldin besiegelt gewesen, wenn Fortuna es nicht im letzten Augenblick gewendet hätte.

‚Verdammtes Katzenvieh, halt endlich die Schnauze!'
Eine wohl gezielte, leere Bierdose traf das unförmige Untier an empfindlicher Stelle, sodass es, seine Beute vergessend, kläglich miauend das Weite suchte. Wie der

Zufall es wollte, wirkte die fette Raubkatze mit ihrem Gesang schon seit einiger Zeit ruhestörend. Dies wiederum motivierte einen Bewohner, einen des dem Containerhofs gegenüberliegenden Gebäude dazu, drastischere Mittel zwecks Beendigung des Konzerts anzuwenden. Es handelte sich dabei um einen gewissen Vlad Tepec, der seinen lärmfreien Feierabend mit einem Sixpack Blutbier zu genießen versuchte und nun aus seinem Fenster im ersten Stock den Weitwurf übte. Beeindruckt von den Wurfkünsten des unabsichtlichen Helfers schlüpfte Ratte Maria ins Innere des Lebensmittelentsorgungsparadieses. Derweil hatte der treffliche Schütze sein Fenster geschlossen und nuckelte wieder an seinen Bierdosen. Eilig bemühte sich die Malträtierte ihre Menschengestalt wiederzugewinnen, was ihr dann zu ihrem eigenen Erstaunen dann auch noch problemlos gelang; der Rattenschwanz blieb dabei dummerweise erhalten, aber: ‚Nobody is perfect.' Mit wenig Noblesse eilte Maria von Borgia zum nächstgelegenen Container und riss ihn gierig auf. Der war zwar nur halb gefüllt, aber all diese bluthaltigen Köstlichkeiten ließen die betagte Vampirin vor Entzücken fast vergehen.

Da gab es riesige Blutwürste, bluttriefende Koteletts und Steaks in Einwegverpackungen, herrliche Getränke vom roten Bullen mit den verliehenen Flügeln..uvam… Ihrem übermäßigen Hunger gehorchend, krabbelte die Aristokratin in das Müllbehältnis und fiel förmlich über die Leckereien her. Nachdem ihr erster Hunger nun gestillt war, beschloss sie, hier weiter zu dinieren. Aber was, wenn die großzügigen Lebensmittel-Casanovas einen Nachtwächter beschäftigten? Mit einem kräftigen Ruck verschloss die speisende Gräfin den Container von innen und widmete sich weiter dem köstlichen Male. Allerdings achtete die kultivierte Dame in der Folge darauf, ihr Geschmatze und die aristokratischen Bäuerchen auf ein Minimum zu beschränken, um kein unnötiges Aufsehen zu erregen, falls der imaginäre Security-Mitarbeiter seinen Rundgang machen sollte. Alles in allem, war es doch eine gelungene Nacht! Sie musste jetzt einfach nur ihren geplünderten Container, so heimisch sie sich darin auch fühlen mochte, verlassen. Mit einem zufriedenen Seufzer versuchte sie nun das Behältnis wieder zu öffnen, aber es gelang ihr nicht! Offensichtlich hatte ihre vorsorgliche Sicherungsmaßnahme zu gut funktioniert. Wütend knurrend und unter Aufbietung aller vampirischen Kräfte versuchte die Blutgräfin erneut ihr Glück, das sich aber auch dieses Mal nicht einstellte. Fluchend und schreiend bemühte sich die Göttin der Dunkelheit die ganze restliche Nacht ihrem selbst erwählten Kerker zu entrinnen, um gegen Morgengrauen in einen todesähnlichen Schlaf zu fallen.

Jonathan Harker und Abraham van Helsing, ihres Zeichens Müllmänner aus Leidenschaft, betraten am frühen Morgen das inzwischen entriegelte Gelände.

‚Eine Schande, das ganze Zeugs wegzuhauen!'

Harker schüttelte bedauernd sein kahles Haupt. Zu allem Überfluss konnte ihr Entsorgungsfahrzeug nicht unmittelbar auf dem Hof halten und die Container mussten gute hundert Meter geschoben werden.

‚Es ist wohl diesmal kein Aufpasser dabei! Harker, das ist eine gute Gelegenheit, um uns Einkäufe zu sparen, Deine Alte wird's Dir danken!'

‚Tja Mina, klar! Beeilen wir uns aber! Quincy in der Müllkutsche wird nicht ewig warten. Wir sollten ihm auch etwas mitbringen!'

Trotz der einigermaßen anständigen Gehälter bei der Stadtreinigung, regten die gestiegenen Lebensmittelpreise ein derartiges Verhalten enorm an. So begannen unsere fleißigen Müllmänner mit ihrer Erkundungstour.

‚Hmm ein Rumpsteak, erst in 14 Tagen abgelaufen. Schade, das liegt ja schon die ganze Nacht herum, wird wohl kaputt sein?!'

‚Van Helsing, ich bekomme den verdammten Container nicht auf. Die haben da bestimmt etwas Wertvolles gebunkert!'

Der muskelbepackte Entsorgungsfachmann eilte seinem hilfsbedürftigen Kollegen zur Hilfe.

‚Geh mal da weg, lass mich mal!'

Mit äußerster Anstrengung gelang es van Helsing tatsächlich das Behältnis zu öffnen. Allerdings verlor dieser dabei für kurze Zeit das Gleichgewicht, sodass er nicht direkt ins Innere des Containers blicken konnte. Innerhalb weniger Sekunden zerlegte die gnadenlose Sonne die schlummernde Gräfin in ihre Bestandteile, sodass von ihr nur ein kümmerliches Aschehäufchen übrigblieb; was will man mehr: Sanft entschlafen! Schließlich blickte Abraham van Helsing auf die Stätte der Tragödie und sah:

‚Nichts! Am Arsch wertvoll, da ist ja nur Müll drin. Sieht aus, als ob die da etwas verbrannt hätten. Lass uns weiter schauen…'

Auf solch tragische Weise fand die Letzte derer von Borgia, den Kneipier auf Malle ausgenommen, ihr Ende. So ist es meist mit selbstgemachten Gefängnissen, man kommt schlecht wieder heraus.

Bullshit Bingo Part VI

In seinem neuen Buch ‚Sie sind überall' behandelt der bekannte UFO-loge und Privatgelehrte Bohemund Rosencrantz ‚en detail' die Lebensbedingungen der ‚Pukaner' auf Erden. Nach Aussage des Autors handelt es sich bei diesen allwissenden Aliens um 2 Meter große, weißen Karnickel ähnelnden Geschöpfen, die sich aber nur wenigen Auserwählten in voller Schönheit offenbaren. So erschien eines dieser Wesen mit dem ätherischen Namen Harvey dem UFO-Jäger nach einem sinneserweiternden Aufenthalt eines Coffee-Shops in Amsterdam und klärte ihn über manche Geheimnisse des Universums auf. In den folgenden Jahren zeigte Harvey, manchmal begleitet von seinem rosafarbenen Freund Roger Rabbit, dann immer öfter, bis er schließlich zum ständigen Begleiter des Verfassers wurde. Nach einer durchzechten Nacht kamen die beiden Gefährten zu der Erkenntnis, dass die Menschheit nun bereit sei, mehr über das Leben der Pukaner auf unserem Planeten zu erfahren. So enthält das vorliegende Werk detailreiche Informationen hinsichtlich Hygiene, Sozialverhalten, Liebesleben u.v.a.m., sodass sich hier sogar ein beschränkter Nutzen für den passionierten Kaninchenzüchter ergibt. Hinsichtlich der Sprache jener Wesen weist der Autor darauf hin, dass diese ausschließlich telepathisch und in Landessprache kommunizieren. Das letzte Drittel des 300-seitigen Buches befasst sich mit, wie der Autor anmerkt, einem sowohl schrecklichen wie auch total ‚geheimen Geheimnis': Der bevorzugte Einkaufsort der Pukaner ist wegen der kosmischen Vibrations nämlich die LIDO-West Discounterkette! Ausgiebig beschäftigt sich der Privatgelehrte im Folgenden mit der angebotenen Produktvielfalt und deren verborgenen Qualitäten, da er sich auch als Filialleiter besagter Kette damit ausgezeichnet auskennt! So mupfelt Harvey beispielsweise mit Vorliebe den billigen Analogkäse, weil der ihm ein glänzendes, weißes Fell beschert. Zum krönenden Abschluss verrät der Verfasser das verbotene Geheimnis, wie man bei den superweisen Aliens so viel Aufmerksamkeit erregt, dass sie sich offenbaren: Einfach nach LIDO gehen und möglichst viel einkaufen.

Story X: The big bug

Satanas Bush erledigte die große Panzerechse mit einer lasergelenkten Bombe. Der Präsident der ‚Bruderschaft der weißen Rasse‘, dem extrasolaren Zweig des mächtigen Clans, liebte bei der Jagd auf ‚Kopernikus 7a‘ solch präzise Luftschläge. Das mit seinem Gehirn verbundene, mächtige Waffensystem ‚Terminator Armageddon‘ -eine fliegende Festung mit allerlei ebenso raffinierten wie schmutzigen Tötungsinstrumenten- war eines seiner liebsten Spielzeuge. Han Wu-Ti, seines Zeichens Generalsekretär der Söhne des Himmels, bevorzugte ‚Puff den magischen Drachen‘. Dabei handelte es sich um eine speziell gengezüchtete Variante jener mythologischen Wesen aus dem Reich der Mitte, die jedoch zwecks maximaler Zerstörung technisch durch diverse Implantate aufgepimpt worden war. Das Ungetüm stellte sich aber im Vergleich zu ‚Karl dem Killer-Käfer‘ - dem bevorzugten Jagdinstrument Hera Penthesilea Junos, der Hohepriesterin der ‚Pseudoökologischen Töchter der permanenten Apokalypse‘- eher bescheiden dar. Das auf rein biologischer Basis mit Hilfe der ökologisch sauberen und klerikal sanktionierter Gentechnologie designte Monstrum konnte ganze Landstriche in Rekordzeit von jeglicher Art des Lebens befreien; dies wurde dann auch recht oft und gerne von der dogmatischen Hohepriesterin praktiziert. Zusammen bildeten die beschriebenen Jagdliebhaber eine Troika, die als hoher Rat die Weltraumkolonie ‚Habitat of free people‘ im Sonnensystem NGC451 diktatorisch regierte. Im eigentlichen Sinne hier von Kolonisten zu reden, ist eigentlich nicht wirklich richtig. **Vielmehr** entstammten die wirklich menschlichen Wesen in dieser Luxuskolonie der einstmals herrschenden Kaste auf der guten, alten Erde. Kurz vor der Zeit des großen Zusammenbruchs entstanden mit immensen Aufwand die ersten orbitalen, vollautomatisierten Weltraumkolonien, die allerdings weniger der Rettung der Menschheit dienen sollten, sondern ihre Funktion als sicheres Luxusresorts der globalen Plutokratie hervorragend erfüllten; im Gegensatz zum üblichen dumpfen, propagandistischen Geschwafel, das selbst mental sehr eingeschränkte Zeitgenossen nicht so ganz zu glauben vermochten. Dieser ‚neue Kolonialismus‘ wäre normalerweise aus relativistischen Gründen nur auf das eigene Sonnensystem beschränkt gewesen, wenn nicht im Jahre 2525 Shin Shi Huang Ti, der größenwahnsinnige Kaiser der Oortschen Wolke, versehentlich ein Megawurmloch entdeckt hätte. Das ermöglichte dann in der Folgezeit, auch andere Sonnensysteme mit jenen illustren Kolonien zu beglücken. So umkreiste das Habitat als einzige Enklave einen rohstoffreichen Mond ohne Atmosphäre im erwähnten System und baute dort fleißig mit völlig automatisierten Bergbausystemen alles ab, was sich noch irgendwie verwerten ließ. Auch gab es, wie wir schon eingangs sehen durften, einen Planeten mit primitiven Leben und einer klassischen Kontinent-Wasser-Verteilung; also für eine Besiedlung völlig ungeeignet! Schon der gute H.G. Wells hatte schon zu seiner Zeit erkannt, dass garstige Mikroorganismen dem eroberungs- und siedlungsfreudigen Alien gar effektiv den Garaus machen konnten. Jetzt könnte man natürlich einwenden, dass man auf einem derartig hohen technischen Niveau, auch solche Kinkerlitzchen wie Immunologie und Terraforming in den Griff kriegen könnte. Schon wahr, aber bei den Helden unserer Geschichte handelt es sich um extrem raffgierige, narzisstische und eher ängstliche Zeitgenossen. Also verkam die eigentlich zukunftsträchtige Welt zu einem Jagdgebiet gelangweilter ‚Global Player‘, die die dominierende Spezies, eine mit den Dinosauriern vergleichbare Art, auf mehr oder minder ästhetische Weise allmählich ausrotteten; schon scheiße so eine schreckliche Echse zu sein.

Aber zurück zu George W.,- ähh, sind ja Dinos und keine Iraker. Also zurück zu dem Satanas gleichen Nachnamens. Der schlug sich beim Anblick der zerplatzenden Echse in seinem bequemen Fauteuil auf dem Holodeck seines privaten Goldenen Hauses lachend auf die Schenkel. Der Präsident empfand einfach nur pure Freude daran, die ‚blöden Viecher‘, wie er meinte kunstvoll, abzuknallen. Allerlei Sensoren und Holographien vermittelten ihm sehr vergnüglichen, realistischen Einblick. Natürlich war Mr. President nicht in der Lage ein so hoch komplexes System wie die ‚Terminator Armageddon‘ gedanklich zu steuern, das übernahm im Detail eine mit dem Zentralsystem verbundene AI. Sein Part bestand in gedanklichen Anweisungen wie etwa: ‚Suche eine Pseudorator-Familie und lasse sie mittels Mikrosplitterbomben qualvoll verenden! Extrazoom auf die sterbenden Jungen!‘ Ein wahrer Sportsmann also unser Präsident. Gerne hätte der Jägersmann auch im Schutzanzug auf ‚Kopernikus 7a‘ in persona rumgeballert, aber es stand zu befürchten, dass die primitiven Reptilien die Göttlichkeit seines Amtes nicht verstanden und vielleicht die Frechheit besäßen, sich zu wehren! Aber das ferngesteuerte Gemetzel war ja auch so ganz okay. Gierig leckte sich der fernbeziehungskillende Staatsmann die Lippe. Ein Tiefflugangriff auf eine Herde friedlicher Pflanzenfresser mit der guten alten Vulcan-Maschinenkanone wäre jetzt das Richtige; die Viecher zappelten immer so schön, wenn man sie durchlöcherte.

Leider wurde die vergnügliche Freizeitgestaltung durch eine dringliche Holositzungsanfrage des großen Rates von Seiten Wu-Tis empfindlich gestört. Ärgerlich seufzend bestätigte Bush seine Teilnahme mental und blickte das sich materialisierende Hologramm eines fernöstlich aussehenden Herrn im kaiserlichen Gewande unwillig an.

‚Geschätzter Kollege und erster unter dem Himmel, was gibt es denn so dringendes? Bitte nicht wieder so abenteuerliche Geschichte von einem Trupp ihrer Kuli-Klone, die von einem meiner Bergbausysteme aus ‚Jux und Dollerei' plattgefahren wurden!'

‚Karl der Käfer hat meinen Drachen gefressen!'

Die Stimme des Imperators versagte vor Trauer und Tränen standen in den Augen des ansonsten harten Herrschers angesichts des misslichen Geschicks seines Lieblings.

‚Das ist eine unverschämte Lüge voll toxischem Maskulismus.'

Derweil hatte sich auch die Dritte im Bunde, Hera Penthesilea Juno, im vollen edelsteinbesetzten priesterlichen Ornat materialisiert.

‚Dieser imperialistische Stinkekäfer ist über meinen armen Kleinen hergefallen und hat ihn einfach mit Schwanz und Schuppe verschlungen. Ich verlange umgehend, dass das kapitalistische Banditeninsekt sich entschuldigt und dann eingeschläfert wird. Die faschistischen Töchter und die imperialistische Bruderschaft haben um Vergebung zu flehen und Reparationen nach meinem Gutdünken zu bezahlen!'

‚Der alte weiße Mann und der nachgemachter Teebeutel-Macho sollten sich dafür entschuldigen, dass es sie überhaupt gibt. Da sieht man einmal wieder, dass Männer ein primitives und böses Relikt einer überwundenen Evolutionsstufe sind…blabla….'

Während Juno noch sprach, fühlte sich der Sohn des Himmels bemüßigt, im selben Stile zu antworten, sodass ein unentwirrbares Durcheinander platter politischer Phrasen entstand.

‚Das alles beweist alternativlos, wie sehr Religion Opium für das Volk ist. Die Theokratie ist eine längst überwundene Gesellschaftsform auf dem Weg zur kommunistischen Endgesellschaft …blabla…'

Da Satanas zur Genüge wusste, welche Dauer derartige Grundsatzdiskussionen seiner beiden Genoss*innen in der Regel haben konnten, fühlte er sich, da er möglichst schnell wieder zum fröhlichen Abschlachten zu schreiten beabsichtigte, genötigt, deeskalierend einzugreifen.

‚Aber werte Kollegen beruhigen Sie sich doch. Selbst verbale Gewalt erzeugt doch nur Gegengewalt! Hallo, ich rede! Verdammt, Ruhe jetzt oder ich streiche Ihnen die Entwicklungshilfe!'

Unangenehm berührt schwiegen Kontrahenten abrupt und warteten auf weitere Worte ihres verärgerten Sponsors.

‚Also verehrter Wu-Ti, wie war das denn jetzt mit ihrem lieblichen Puff!'

‚Also Li-Ping-Wei ist meine Lieblingskonkubine. Eine Haut wie ein Pfirsich, Augen wie Mandeln und Titt…'

‚Höchster, verehrter Sohn des Pimmels, wenn ich Sie hier unterbrechen dürfte. Mich interessieren nicht Ihre Haremsgeschichten, sondern der Zwischenfall mit Ihrem Drachen!'

‚Ach so! Mein kleiner Liebling und ich hatten gerade eine reaktionäre Herde grasender Brontosaurier entdeckt, die sich an der volkseigenen Flora vergriffen. Wir näherten uns dann unauffällig dem verstockten Klassenfeind und mit einem gewaltigen Feuerball äscherten wir die imperialistischen Banditenechsen samt der von ihnen ausgebeuteten Vegetation ein!'

Die Augen des sozialistischen Beglückers aller Saurier strahlten angesichts der bis dahin angenehmen Erinnerung, während der Hohepriesterin Blicke Blitze verschickten.

‚Unmenschlicher Chauvinist. Es hätte doch wohl ausgereicht, die Männchen zu grillen und die unschuldigen Weibchen zu verschonen. Dann die armen Blumen und Insekten! Jede Stinkmorchel und jeder Mistkäfer soll wissen, dass wir sie vor Männergewalt schützen werden!'

‚Ach ja. Euer imperialistisches Insekt frisst ja ganze Landstriche weg und hinterlässt seine giftige, grüne Scheiße, die auf Generationen verhindert, dass überhaupt irgendetwas wachsen kann…'

‚Ich meine das mit der Entwicklungshilfe ernst! Also: Silentium!'

Präsident Bush sah einmal mehr seine Felle wegschwimmen und versuchte es wieder erfolgreich mit violenter Deeskalation.

‚Gut! Fahren Sie jetzt mit Ihrem Bericht fort geschätzter Kollege!'

‚Da gibt es nicht mehr viel zu berichten. Wir waren also gerade mit der Umerziehung der Dissidenten fertig, als dieser Nazi-Käfer völlig überraschend im volkseigenen Naturschutzgebiet auftauchte und sich wie ein hungriger Tiger auf meinen armen Puff stürzte; mein sensibler Liebling hatte nicht die geringste Chance gegen die imperialistischen Mordbestie! Ich verlange Genugtuung!'

‚Hochverehrte Herrin der Herrinnen, was haben sie hinsichtlich der Anschuldigen Ihres geschätzten Kollegen zu erwidern.'

Satanas betrachtete Juno interessiert, wohl wissend, dass deren Position in der lästigen Angelegenheit auf schwachen Füßen stand.

‚Der maskulistische Drache hat mein Käferche sexuell durch Blicke belästigt! Eine solche Provokation lassen ‚die Töchter der permanenten Apokalypse' nicht unbeantwortet! Ich verlange meinerseits Satisfaktion!'

‚Mein Drache hatte gar keine Augen, sondern ein hochauflösendes Kamerasystem und selbst das hat die kapitalistische Bestie gefressen!'

‚Trotzdem…'

Unsanft unterbrach das Zentralsystem des Habitats die Entgegnung der entrüsteten Priesterin.

‚Achtung Eilmeldung für President Bush, bitte um Bestätigung!‘

Satanas, dem diese Unterbrechung herzlich willkommen war, gab einen positiven Gedankenimpuls an das Dekodierungssystem.

‚Karl der Käfer hat soeben widerrechtlich das ‚Reservat für aussterbende Arten‘ der ‚Bruderschaft der weißen Rasse‘ betreten und eine unkoordinierte Fresssequenz initialisiert!‘

Die Nachricht vom Eindringen des hungrigen Insekts in sein Jagdrevier versetzte den bisher eher entspannten Präsidenten in Rage.

‚Was soll dieser heimtückische Überfall Hera? Glauben Sie mir, die Demokratie weiß sich auch gegen feministische Terrorristen zu verteidigen. Stoppen sie sofort ihr gefräßiges Massenvernichtungsmittel oder spüren sie die Konsequenzen!‘

‚Sie sollten uns dankbar sein alter, weißer Mann für unsere Bemühungen die Welt grün und glücklich zu machen!‘

‚Die ‚Söhne des Himmels‘ werden zusammen mit den kapitalistischen Kräften gegen den faschistischen Aggressor kämpfen!‘

Wi-Tis Miene drückte freudige Entschlossenheit aus.

‚Also Hera, pfeifen Sie Ihren Mistkäfer zurück oder führen Sie gegen uns beide eine Vendetta!‘

Ernüchtert und ratlos kratzte Juno sich an ihrer goldenen Tiara.

‚Ich kann nicht!‘

‚Offensichtlich wollen Sie den Krieg Hera!‘

Mit sowohl gequälter wie auch trotziger Miene machte sich die Hohepriesterin daran, den Sachverhalt genauer zu erläutern.

‚Ich kann mein Käferlein nicht mehr kontrollieren! Wir waren gerade dabei eine Region von jeglicher Flora und Fauna zu dekontaminieren, um das ökologische Gleichgewicht zu erhalten, als die Verbindung zu meinem kleinen Vielfraß abbrach. Bisher ist es unseren alten, weisen Frauen nicht gelungen, die Verbindung wieder zu etablieren.‘

‚Hera, also bitte! Das ist wohl die dümmste Ausrede, die ich in meiner 150-jährigen Amtszeit jemals gehört habe!‘

Noch immer war der Präsident rasend vor Wut über den Angriff auf seine persönlichen Pfründe. Derweil blickte Generalsekretär Wu-Ti die Hohepriesterin nachdenklich an.

‚Ihre Geschichte ist tatsächlich unglaubwürdig. Sollte sie trotzdem stimmen, hätten Sie uns sofort informieren müssen, damit wir zusammen das ‚Globale Test- und Diagnoseprogramm‘ hätten starten lassen können.‘

Hier sollte vielleicht angemerkt werden, dass das Anwerfen globaler Routinen und deren Abschaltung im Zentralsystem der Zustimmung aller drei Ratsmitglieder bedurfte.

‚Achtung Eilmeldung für President Bush und Hohepriesterin Hera Penthesilea Junos, bitte um Bestätigung!‘

‚Die ‚Terminator Armageddon‘ hat soeben unautorisiert Karl den Käfer und sich selbst durch eine autonom eingeleitete kritische Reaktion in ihrem Reaktorsystem vernichtet.'

‚Sinnlose Männergewalt! Etwas so Schönes zu zerstören!'
Derweil war des Präsidenten Zorn nach vernehmen der letzten Nachricht verflogen.

‚Geschätzte Kollegen, mir scheint hier gerät etwas außer Kontrolle. Ich stimme für die Initialisierung der Testroutine!'
Widerwillig bewegte Juno ihr schwer gekröntes Haupt.

‚Meinetwegen!'

‚Achtung Eilmeldung an die Mitglieder des hohen Rates, bitte um Bestätigung!'

‚Kritische Warnung: Alle Außensensoren des Habitats sind ausgefallen. Eine Verbindung zu sämtlichen Außenposten existiert nicht mehr. Funktion interner Systeme nicht gewährleistet. Der Rat wird dringend gebeten, Maßnahmen einzuleiten.'

‚Der Faschismus im Bunde mit dem Imperialismus. Die ‚Söhne des Himmels' können hier leider nicht zustimmen. Wir lassen die Anomalien lieber erst von unseren materialistischen Dialektikern marxistisch analysieren!'

‚Geschätzter Kollege, das ist nicht ihr Ernst! Ich appelliere an Ihre Vernunft! Die Existenz von uns allen ist hier bedroht!'

‚Warum müssen Männer immer nur so dumm sein!'

‚Die Söhne des Himmels könnten möglicherweise einer Lösung zustimmen, die eine Vergrößerung des volkseigenen Naturschutzgebietes um das Doppelte seines bisherigen Volumens vorsieht. Eventuell ist dann eine

Prüfung durch unsere Akademie der Wissenschaften unnötig!'

‚Achtung Eilmeldung an die Mitglieder des hohen Rates, bitte um Bestätigung!'

‚Die automatische Selbstzerstörungssequenz ist soeben autonom eingeleitet worden. Der Hohe Rat wird gebeten den Vorgang bei Bedarf mit den Worten ‚Protecto Patronus' unverzüglich abzubrechen, da ebenfalls die Countdown-Routine defekt ist.'

Wu-Ti wusste, wann ein Spiel verloren war.

‚Protecto Patronus!'

‚Wer hat sich denn wieder diesen sexistischen Mist ausgedacht? Also gut: Protecto Patronus!'

‚Die weiße Bruderschaft kann leider einen derartigen Eingriff in den Datenschutz nicht verantworten!'

Präsident Satanas sah seine große Chance, der Demokratie zum Siege zu verhelfen.

‚Ich könnte mir aber durchaus einen Kompromiss vorstellen, der Kopernikus 7a unter die alleinige Administration der ‚Bruderschaft der weißen Rasse' und ihrem demokratisch selbsternannten Präsidenten stellt.'

Triumphierend betrachtete Bush die entsetzten Gesichter der anderen Ratsmitglieder und gratulierte sich insgeheim für seine berechnende Kaltblütigkeit. Das Glück war jedoch nicht von langer Dauer, da Sekunden später das System komplett ausfiel und neben den geschätzten Kollegen auch jede Möglichkeit verschwand, den destruktiven Prozess aufzuhalten. So wurde denn Sonnensystem NGC451 vorerst von der Gegenwart menschlicher Kolonialisten befreit – eine Spezies, die nun wirklich niemand irgendwo braucht. Ursache für das ganze Desaster waren zwei fehlerhafte Zeilen Code in einer unbedeutenden Programmroutine, die eine Kettenreaktion auslösten. Das beweist uns wieder, dass man seine Software doch vernünftig testen sollte – Nastrowje!

Und als Zugabe Story XI: Das Ende

Es war das Jahr 682 nach Gründung der Stadt als der Feldherr mit dem Beinamen ‚der Fette' vor dem geheimen Verlies eines seiner vielen Anwesen mit einem seiner vielen Handlanger - einem recht jungen Menschen von 29 Jahren, der ihm aber gute Dienste erwies- weilte.

‚Wie Ihr befohlen habt, Imperator. Sie ist unversehrt und noch in der Verfassung mit Euch zu reden. Mit Hilfe unseres Mannes konnten wir sie noch vor Beginn der Schlacht aus dem Lager der Sklaven entführen.'

‚Ausgezeichnet Gaius! Du bist listig wie eine Schlange. Wirklich ein Meisterstück, die Hexe ihren stinkenden Barbaren wegzunehmen!'

‚Nicht zu schwierig! Wir ergriffen sie, als sie ihren lächerlichen Gott um Rat fragen wollte. Das machte sie wohl immer abseits des Lagers und ohne Bedeckung. Unser Mann brauchte uns nur die Zeit und den Ort zu nennen.'

‚Was ist eigentlich mit dem Spion?'

‚Der hat nach der Schlacht den gerechten Lohn eines Verräters bekommen!'

‚Hervorragend Gaius! So wissen nur wir beide, in welcher Weise die aufsässigen Sklavenhorden bezwungen werden konnten.'

Der Gehilfe betrachtete seinen Herrn mit einem wissenden Lächeln. Er kannte den ‚Fetten' zur Genüge, würde sich aber bis nach dem Gespräch mit der Magierin gedulden.

Wir sollten vielleicht hier anmerken, dass der siegreiche Imperator keineswegs so korpulent war, wie es sein

Cognomen andeutete. In der römischen Namensgebung dienten solche ‚Beinamen‘ dazu, einzelne Familienzweige eines mächtigen Geschlechts auseinanderzuhalten. Das konnten auch durchaus Spottnamen sein, mit denen die verehrten Vorfahren bei Zeiten ausgezeichnet worden waren. Marcus, der (Anti)Held unserer Geschichte, war eher hager gebaut, besaß aber einen Stammvater, der offensichtlich einige Kilos zu viel auf den Rippen gehabt hatte. Ansonsten war er ein harter und gnadenloser Mann, der bedingungslos seine Interessen durchzusetzen verstand. Unheimlich reich mangelte es ihm doch an der Fähigkeit, andere Menschen für sich einzunehmen. Sein riesiges Vermögen ermöglichte ihm, alle zu kaufen, die für Geld zu haben waren; aus freien Stücken folgte ihm aber niemand, und die Gekauften pflegten mit lächelndem Gesicht ihre Fäuste hinter dem Rücken zu ballen.

‚Gut, ich werde jetzt mit ihr reden und Du wartest hier! Weitere Anweisungen erhältst Du, wenn ich mit ihr fertig bin.‘

‚Herr, soll ich nicht mitkommen? Die Frau ist gefährlich!‘

Verächtlich betrachtete der bewaffnete und in voller Rüstung gekleidete Imperator seinen jungen Handlanger. Gaius war ein derartiges Weichei, wie weit heruntergekommen die Julier doch waren.

‚Keine Sorge, mein Junge. Schließlich ist das Weib doch angekettet und ihre Zaubersprüche fürchte ich nicht!‘

Der ‚Fette‘ lachte bekräftigend rau auf.

‚Sei vorsichtig Imperator, Sie hat irgendetwas Merkwürdiges an sich!‘

Hochmütig grinsend und kopfschüttelnd betrat Marcus das fackelerleuchtete Verlies. Nachdem er die Kerkertür verschloss, betrachtete er mit stechendem Blick die kleine, braunhäutige Frau, die an der gegenüberliegenden Wand angekettet war. Forsch ausschreitend bewegte sich der mächtige Imperator auf seine unscheinbare Gefangene zu und hob ihren herunterhängenden Kopf mit der rechten Hand an, um ihr intensiv in die Augen zu sehen. Das, was er dort sah, verwirrte ihn. Dort gab es weder Furcht noch Hass, sondern nur unendliche Traurigkeit.

‚Ich weiß nicht Hexe, ob Du mich verstehst! Aber Deine Sklavenhunde sind nicht mehr und ICH habe sie von der Erde getilgt. Du wirst nun auf die Art sterben, die ich für Deine abscheulichen Verbrechen für angemessen halte!'

‚Ich verstehe Dich sehr gut römischer Mann. Unsere Leiber kannst Du töten, aber nicht das, wofür wir starben.'

Überrascht ließ der stolze Imperator das Kinn der Gefangenen fahren und trat einen Schritt zurück.

‚Hervorragend Hexe! Ohne Dich auch mit Worten demütigen zu können, hätte es mir nur halb so viel Spaß gemacht. Ich muss auch gestehen, dass ich an Deinem Äußeren interessiert war. Ich vermochte kaum jenen Berichten zu glauben, die Dich so beschrieben wie Du bist. Wie kommt es, dass so ein reizloses Wesen wie Du diese Kreaturen beherrschen konntest? Vielleicht hast Du die einfältigen Barbaren mit ja allerlei Zauberkunststückchen beeindruckt?'

‚Durch mich sprach Gott und ich zeigte den Menschen den Weg!'

Der ‚Fette' lachte gehässig.

‚Die Götter sprechen zu einer Nymphe wie Dir? Wer denn, Hephaistos, so hässlich wie Du bist? Oder war es gar der einzige Gott der Juden, der selbst mit wertlosen Weibern wie Dir redet? Wie sieht Dein Gott denn so aus? Elend genug, will ich meinen!'

‚Es ist der Gott aller Menschen und er besitzt weder Geschlecht noch Gestalt!'

Ehrlich überrascht und dennoch spöttisch betrachtete Marcus die Prophetin.

‚Du bist ja eine richtige Philosophin! Was hat denn Dein schwanzloser Gott so gesagt?'

‚Er redet nicht in Worten, sondern sendet mir Bilder von dem, was sein wird! Manchmal vermag ich die Bedeutung nicht zu erkennen, aber oft sehe ich den Weg und zeige ihn den Menschen.'

‚Dann weißt Du ja, was Dir bevorsteht! Aber ich führe mit einer dreckigen Sklavin, die sich für die Pythia oder Kassandra hält, keine theologischen Diskussionen. Wie heißt Du und woher kommst Du? Wie kommt es neben dem Aberglauben dieser Meute, dass Du diese Bande aus Gladiatoren, Sklavenvieh und verräterischen Proletariern anführen konntest?'

‚Mein Name ist Zenobia und ich stamme aus dem Gebiet, das ihr Syria nennt. Ich war einst Seherin bei den freien Stämmen der Wüste. Sklavenjäger raubten meinen Bruder Abgar und mich. Abgar entkam, ich wurde verkauft. Das ist alles! Um die letzte Antwort zu beantworten: Mit Menschlichkeit, Römer! Das ist etwas, das deinesgleichen nicht kennt!'

Der ,Fette' lachte schauerlich.

‚Menschlichkeit ist das Argument der Schwächlinge und Weiber! Schon immer beherrscht der Starke den Schwachen, der Mann das Weib, der Herr den Sklaven. Deshalb herrscht der Westen über die schwächlichen Völker des Ostens. Es wird wohl ewig ein Rätsel bleiben, warum jene Dir folgten!'

‚Du wirst es nicht verstehen römischer Mann, aber ich werde es Dir trotzdem sagen. Weil es bei uns keine Schwachen und Starken, keinen Unterschied zwischen Mann und Frau gab. Ich herrschte auch nicht über meine Brüder und Schwestern, sondern wir waren eins. So starben wir gemeinsam für unseren Weg.'

‚Große Worte Sklavin! Nun höre und verzweifle! Einer Deiner ‚Brüder' hat Dich und seine Mitgenossen verraten! Es war jemand ganz in deiner Nähe, den wir den ‚Spartaner' nannten. Seinen Namen werde ich Dir nicht verraten, so grüble und verzweifle. Warum meinst Du wohl, hat Deine einige Bande Dich gezwungen, wieder zurück in den Süden zu marschieren, obwohl ihr hättet über die Alpen entkommen können? Wer meinst Du hat Crixus und Gannicus auf die Idee gebracht, sich mit dem besten Teil Deiner Horde von Dir zu trennen, auf dass wir ihre Bande vernichten konnten. Die Exzesse Deiner edlen Bande! Das hat alles unser Mann bewirkt! Schade nur, dass Dein allwissender Gott Dir die Natter nicht offenbart hat! Aber falls es Dich tröstet: Er ist Dir auf Deinem Weg vorangeschritten.'

‚Dein Mann hat getan, was er tun musste. Was Du nicht begreifst römischer Mann: Wir sind alle nur Menschen mit Schwächen und Stärken. Wir haben böses und gutes getan, aber wir strebten nach einer besseren und gerechteren Welt. Das wird immer unser Vermächtnis bleiben Römer und das wirst Du nicht töten können!'

‚Verzweifle nun wirklich! Es lebt niemand mehr, der sich eurer Ideale erinnert. Die letzten 6000 Deiner elenden Armee hat 'der kleine Emporkömmling', den sie den ‚Großen' nennen, längs der Via Appia kreuzigen lassen. In weniger Jahren wird Deine anarchistische Bande aus dem Gedächtnis der Menschheit verschwunden sein.'

‚Das mag sein römischer Mann! Aber wir haben unser Leben selbst bestimmt gelebt und sind als freie Menschen gegangen! Ist der Ruhm denn so wichtig? Ist es nicht wichtiger, wie man gelebt hat und gestorben ist? Ich werde zufrieden gehen!'

Widerwillig betrachtete der Imperator die Gefangene. Konnte sie denn nicht einsehen, dass sie besiegt war. Das führte zu nichts, aber eines interessierte ihn schon.

‚Ich diskutiere nicht mit einer schmutzigen Sklavin. Aber eines darfst Du mir noch verraten: Hat Dein elender Sklavengott auch mein Schicksal in seiner unendlichen Einfalt offenbart?'

‚Ich sah Dich!'

‚Ach wirklich, so sprich!'

Marcus versuchte seinen Worten einen sarkastischen Tonfall zu geben, was aber gründlich misslang.

‚Mächtig wirst Du als einer der Drei, aber der vor dieser Tür wird mächtiger als Du!'

Erleichtert lachte der ‚Fette' auf. Dies war nun so absurd, dass seine aufkeimende, abergläubische Furcht wie weggeblasen war.

‚Was Gaius? Weißt Du Hexe, was sie über ihn sagen: Aller Frauen Mann und aller Männer Frau. Aber eigentlich bist Du in guter Gesellschaft. Auch der alte Diktator war der Meinung, in unserem Gaius ‚stecke mehr als ein Marius'. Aber das ist ja kein Kunststück, der alte Feind des Diktators war zwar ein hervorragender Schlächter, aber ansonsten ein elender Bauerntölpel. Zum Schluss wird unser Gaius noch Gallien erobern. Weiter Hexe.'

‚Nie wirst Du Dein Ziel erreichen. Dein Leben und Dein Ruhm werden dort enden, wo ich herkam.'

Die Aura des Raumes hatte sich unmerklich während der letzten Worte der Prophetin geändert. Der Imperator spürte die Gegenwart von etwas, das unendlich mächtiger war als er und fürchtete sich.

‚Du stirbst Hexe.'

Mit einem Stich seines durchbohrte der ‚Fette' die Brust der Prophetin und blickte erwartungsvoll in die Augen der Sterbenden. Die Zufriedenheit, die er wider Erwarten dort sah, ließ ihn den Blick abwenden.

Unzufrieden verließ Marcus den Kerker.

‚Gaius, mein Freund, sieh zu, dass die Leiche verschwindet. Die Belohnung, die Dir zusteht, werde ich Dir dann persönlich geben.'

‚Selbstverständlich Imperator! Aber wegen meiner Belohnung sollten wir hier ein paar Worte wechseln!'

‚Was?'

‚Für den Fall, dass ich ähnlich wie unser 'Spartaner' bezahlt werden sollte, könnte es sein, dass unser kleines Geheimnis öffentlich wird. Ich befürchte sehr, dass könnte dann das Ende einer hoffnungsvollen Karriere sein.'

Überrascht blickte Marcus den unterschätzten Handlanger an, der anfing, seinen Status eindeutig zu verbessern. Aber Unsinn, Gaius würde immer ein zwar cleverer, aber unbedeutender Mitläufer bleiben.

‚Was willst Du? Zwei Millionen Sesterzen Schweigegeld, Du Habenichts?'

‚Liebster Marcus, kein Geld! Aber nächstes Jahr eine Quästur in Hispania. Du wirst sehen, das Geheimnis Deines Erfolges ist bei mir gut aufgehoben.'

‚Gaius, Du erstaunst mich. Ich helfe gerne meinen Freunden, vorallendingen, wenn sie ihren Platz kennen und diskret sind.'

‚Ich werde immer zu euch aufsehen, liebster Marcus. Wir sollten diesen unangenehmen Ort verlassen und meine Männer ihre Pflicht tun lassen; die werden übrigens nach vollendeter Mission weiterbefördert.'

Der Imperator nickte zufrieden. Die letzten Zeugen aus dem Weg geräumt, Gaius war wirklich zu kostbar, um ihn, wie ursprünglich geplant, zu beseitigen.

‚Marcus, ich hätte da eine Idee, wie wir dieser hässlichen Sache eine andere Richtung geben könnten!'

‚Gaius, ich verstehe nicht ganz, auf was Du hinauswillst?'

‚Mein guter Marcus, es ist doch eine ziemlich peinliche Angelegenheit, dass das mächtige Rom von einer Frau besiegt wurde; wenn es auch eine Hexe war. Falls wir dafür eine führerlose Sklavenhorde verantwortlich machen, ist das ebenfalls wenig ruhmreich. Ich denke, wir sollten den ‚Spartaner' posthum als genialen Bösewicht aufbauen. Am besten, ich weiß, das ist lächerlich, als cleveren und kampfkräftigen Gladiator, der die Bande geführt haben soll. Für Dich und Rom wäre es dann äußerst ruhmreich, ein solches Ungeheuer besiegt zu haben.'

Nachdenklich nickte der mächtige Feldherr.

,Klingt logisch, das könnte funktionieren. So machen wir es!'

Hier endet diese Geschichte. Zu den Geschehnissen der folgenden Jahre seien hier einige Anmerkungen gemacht. Marcus, Gaius und der 'kleine Emporkömmling' verbündeten sich und beherrschten als erstes Triumvirat gemeinsam Rom. Gaius eroberte tatsächlich ganz Gallien und mauserte sich vom Juniorpartner zur Ebenbürtigkeit mit dem Emporkömmling. Da der ,Fette' nun gegenüber seinen beiden Kollegen ins Hintertreffen zu geraten drohte, beschloss er, das Partherreich im Osten zu überfallen und dort, auf dem Boden Syriens und des Iraks, eine römische Provinz zu errichten. Ein Führer der freien Stämme namens Abgaros überzeugte den 'neuen Alexander', der zu seinem außerordentlichen Nachteil kein so gutes Namensgedächtnis besaß, mit seinem mächtigen Heer den Weg ins Verderben zu nehmen. So führte der ,Fette' sieben römische Legionen in den Tod und verursachte eine der katastrophalsten Niederlage in der römischen Geschichte. Bevor er starb, durfte er den Kopf seines ältesten Sohnes auf einer parthischen Lanze bewundern; sein eigenes wurde später spontan von einer griechischen Schauspieltruppe zur Belustigung des parthischen Königs verwendet. Manche sagen, er wäre von den Göttern verflucht worden, aber ich denke, es war nur ein Gott.

Die Historiker unter uns, möchte ich darauf aufmerksam machen, dass dies nur eine simple Fantasy Story ist!

Zum unvermeidlichen Ende letzte Anmerkungen des Autors:

Mein Name ist natürlich nicht Qayid Aljaysh Juyub.
Wie ihr euch denken könnt, ist das ein Pseudonym. Um euch die Zeit bis zu meiner nächsten Schandtat zu vertreiben, lade ich euch zu einem kleinen Ratespiel ein. Dabei geht es schlicht um die Frage, wer ich nun eigentlich bin. Vorschläge hierzu nimmt mein alter ego gerne via Facebook entgegen. Also Freunde: Who am I?
Falls ihr mir nicht auf die Schliche kommt, lasse ich nach der 99. Geschichte die berühmte Katze aus dem Behältnis. Dann möchte ich natürlich erwähnen, dass alle Personen und Handlungen in diesem Machwerk fiktiv sind und Ähnlichkeiten mit real existierenden Zeitgenossen auf reinem Zufall basieren. Sollte jemand auf die wundersame Idee kommen, meine Rezepte tatsächlich auszuprobieren, dann bitte auf eigene Gefahr; die sind nämlich allenfalls für Fantasiewesen und Juyubs geeignet.
Ansonsten wünsche ich euch eine gute Zeit und macht keinen Scheiß.
Euer
Q.A. Juyub